Kajsa Arnold
High on you

HIGH ON YOU

KAJSA ARNOLD

Niemand sonst

Warum ich gerade heute an den ersten Tag in dieser Firma denken muss, kann ich mir nicht erklären. Vermutlich, weil ich mit dem gleichen ängstlichen Blick an meinem Schreibtisch saß, wie heute meine neue Kollegin Ivy Ashley. Ein Hurrikan namens John Fitz-James ist über sie hereingebrochen und hat ihr Leben bis ins Mark erschüttert. Sie weiß ja nicht, dass es sich dabei nur um einen Sturm im Wasserglas handelt. Meine Kolleginnen Pansy und Unity werfen mir verstohlene Blicke zu. Keiner traut sich, seinen Arbeitsplatz zu verlassen, also muss ich wohl mal wieder zur Tat schreiten, denn außer mir scheint jeder hier eine Heidenangst von *Mister-Heiß-und-*

Skrupellos zu haben, so wie ich Fitz-James heimlich nenne. Niemand außer mir wagt es, sich ihm in den Weg zu stellen, wenn er mal wieder einen seiner cholerischen Anfälle bekommt. Ich weiß, dass er mich heimlich Lara nennt, wegen meines Nachnamens - Croft. Mein eigentlicher Vorname ist Alisa, aber den hat er bisher noch nicht über die Lippen bekommen.

Ich laufe zum Wasserspender, hole Ivy einen Becher und stelle ihn ihr auf den Tisch. »Hier, bitte. Trink einen Schluck und atme tief durch.«

Sie blickt mich dankbar an. »Vielen Dank, Alisa. Du bist sehr nett.«

»Wir sind hier alle sehr nett. Lass dir keine Angst einjagen. Fitz-James ist auch nur ein Mann, und manchmal etwas aufbrausend, aber er bellt nur und beißt nicht.«

Ivys Blick geht ängstlich über meine Schulter hinweg, was nichts Gutes bedeutet.

»Croft! In mein Büro!«, höre ich hinter mir und Schritte, die sich entfernen.

Ich berühre Ivy an der Schulter und zeige ihr, dass ich keine Angst habe. Dann drehe ich mich um und folge meinem Chef in sein Büro. Leise schließe ich die Tür und laufe durch den riesigen Raum zu seinem Schreibtisch, vor der gläsernen Fensterfront.

Keine Ahnung, warum er so ein großes Büro braucht, wenn er ohnehin nur hinter seinem Schreibtisch sitzt. Warum dieser große Konferenztisch und die tolle Sitzecke? Ich habe ihn noch nie anders erlebt, als hinter seinem großen ebenholzfarbenen Schreibtisch, in einem dieser hochmodernen Drehstühle, die mehr Kosten, als mein Monatsgehalt. Doch Fitz-James kann es sich leisten. Er besitzt mehr als ein Dutzend Spielcasinos, dazu einige gut gehende Clubs in London. Er ist der König der Unterwelt, könnte man denken, dabei macht er den Eindruck, als wäre er ein besessener Steuerprüfer.

Er studiert die Unterschriftenmappe und lässt mich warten. Seine Art mir zu zeigen, wie wenig er von mir hält. Ich weiß, dass er meine Arbeit schätzt, ansonsten wäre ich vermutlich hier nicht mehr beschäftigt. Bereits drei Mal habe ich ihm die Kündigung auf den Tisch geknallt und wieder zurückgezogen. Doch ich kann meine Freundinnen einfach nicht allein lassen, nicht mit diesem Paten von London. Er würde sie mit Haut und Haaren verspeisen.

»Ich bin in Ihren Augen also ein Hund?«, fragt er in die Stille hinein und blättert die Unterschriftenmappe durch, ohne mich anzusehen.

»Das habe ich nicht gesagt.« Ich versuche, meiner Stimme eine gewisse Autorität zu geben.

»Sie sagten und ich darf Sie zitieren: *Er bellt nur und beißt nicht!* Ich darf Ihnen versichern, Croft, Sie würde ich mit Sicherheit beißen.«

»Es heißt Miss, das müssten Sie sich mittlerweile doch merken können«, meine ich herablassend.

»Ach ja, ich vergaß. Es gibt ja niemanden in Ihrem Leben, der sich Ihrer angenommen hat.« Seine Worte triefen vor Ironie und ich habe große Lust, ihm den Locher an den Kopf zu werfen.

»Ich warte eben noch auf den Richtigen.«

Nun schaut er auf und ich sehe in seinem Blick, dass ich ihn besser nicht weiter reizen sollte, doch wie soll ich über meinen Schatten springen. »Es legt nicht jeder Wert darauf, den Rekord für Scheidungen vor seinem fünfunddreißigsten Lebensjahr zu brechen. Wenn Sie nicht aufpassen, enden Sie noch als männliche Liz Taylor.«

»Verdammt! Croft! Was fällt Ihnen ein? Ich bin ganze drei Mal geschieden. Und ich weiß nicht, was Sie das angeht?«

»Mich? Gar nichts! Aber Sie haben angefangen, unter die Gürtellinie zu schlagen.« Ich schaue mit hochgezogenen Augenbrauen auf ihn herunter und verschränke die Arme vor der Brust.

Jetzt wird sein Kopf rot, der Blutdruck steigt. Das kenne ich schon, dass er allerdings aufspringt und um den Tisch herumkommt, ist neu.

»Sie sollten Ihre kleine Zunge in acht nehmen. Ich habe Ihnen bisher viel zu viel durchgehen lassen«, knurrt er.

Was ist er? Ein Werwolf? Ich halte den Blickkontakt, denke gar nicht daran, klein beizugeben.

»Ich habe überhaupt noch nicht angefangen«, meine ich leise und blicke ihm aufrecht in die Augen.

»Womit angefangen?«, fragt er gefährlich leise und tritt näher auf mich zu, sodass ich doch zurückweiche, was mich tierisch ärgert. Er kommt immer näher, ich weiche immer weiter zurück, bis die Wand mich aufhält. Er steht so nah vor mir, dass ich seine grüne Iris genau erkenne. Sie hat kleine gelbe Sprenkel und das grün ist wahnsinnig ... grün. Er hat wirklich tolle Augen. Warum ist mir das vorher noch nie aufgefallen? Sie passen gut zu seinem schwarzen Haar und den dunklen Augenbrauen, die fein geschwungen sind und er skeptisch zusammenzieht.

»Sie haben ein loses Mundwerk, Miss Croft. Das wird Ihnen noch mal Ihren Kopf kosten.«

»Wohl eher meinen Job und das werde ich verschmerzen.« Ich lächele, obwohl ich mir nicht sicher bin, ob das ein kluger Schachzug ist.

»Sie setzen alles auf eine Karte? Ich hätte nicht gedacht, dass in Ihnen eine Spielernatur steckt.«

Er kommt noch näher und schnuppert an meinem Hals. Mutiert er jetzt zu einem Vampir, oder was soll das?

»Sie riechen gut und ich frage mich, was hinter dieser biederen Fassade wohl stecken mag? Sind Sie eine leidenschaftliche Frau? Oder doch so prüde, wie sie hier auftreten?«

Pah, ich und prüde? Welchen Film hat er denn geschaut?

»Ich wüsste nicht, was Sie das angeht, Mister Fitz-James.« Jetzt knurre ich.

»Leider wurde die Leibeigenschaft ja schon vor langer Zeit abgeschafft, aber ich bin dennoch der Meinung, dass Sie mir gehören.« Er stemmt einen Arm gegen die Wand, nun ist er mir so nah, wie noch niemals zuvor und ich frage mich, was er von mir will.

»Sie machen sich lächerlich«, presse ich zwischen zusammengebissenen Zähnen hervor.

»Wissen Sie eigentlich, dass Sie ganz entzückend aussehen, wenn Sie wütend werden. Dann bekommen Ihre Augen diesen besonderen Glanz, das Grau schimmert in vielen Schattierungen, und ihre Haut leuchtet wie zartes Porzellan. Das rot Ihrer Haare sieht wundervoll an Ihnen aus. Warum tragen Sie ihre Haare nicht offen?«

»Tue ich ja, nur nicht hier im Büro«, gebe ich ehrlich Auskunft und mir ist diese Situation nicht ganz geheuer.

»Darf ich es öffnen?«

Ich kann nicht sprechen, meine Stimme versagt plötzlich, als er die Spange löst, mit der ich mein widerspenstiges Haar zu bändigen versuche. Einzelne Strähnen fallen mir auf die Schultern und er kämmt es mir aus dem Gesicht.

»Hmmh, es duftet nach Äpfeln. Wissen Sie, dass mich der Geruch den ganzen Tag verfolgt? Machen Sie das extra, um mich um den Verstand zu bringen, Alisa?«

Zum ersten Mal höre ich meinen Vornamen aus seinem Mund und ich sollte mich kneifen, um zu testen, ob ich nicht träume.

Seine Nähe lässt mein Herz plötzlich schneller schlagen und es hallt laut in meinen Ohren wieder. So nah ist er mir noch nie gekommen, obwohl wir uns schon oft gestritten haben, doch ihn so nach zu spüren, dass er mich fast berührt, bringt mich völlig aus der Fassung. Ich atme hektisch ein, und sein Blick gleitet zu meiner Bluse, an der die ersten beiden Knöpfe offenstehen.

»Wissen Sie was, Alisa? Ich wüsste zu gerne, was Sie darunter tragen.«

Jetzt geht er definitiv zu weit. Ich will protestieren, doch im selben Augenblick hebt er eine Hand und streichelt über meine Wange. »So weich, wie ein Pfirsich. Ich würde gerne davon kosten, doch ich denke, Sie würden mir eher die Augen auskratzen, als mir das zu erlauben. Habe ich recht?«

Er blickt mich fragend an und ich weiß bei Gott nicht, was ich antworten soll.

»Darf ich?«

»Was?«, frage ich unsicher. Er vernebelt mir die Sinne, ich habe keine Ahnung, was er von mir will. Wie war noch die Frage? O Gott, diese grünen Augen haben mich verhext. Was wollte ich eigentlich hier?

»Ich würde Sie gerne küssen, Alisa.«

Wieder mein Name. Er hört sich so wundervoll an, dass ich glaube zu zerfließen. Was küssen?

»Ja oder nein?«

»Ja«, hauche ich und in diesem Moment senkt

er seinen Kopf und presst seine Lippen auf meinen Mund. Ich schließe meine Augen und will diesen Kuss genießen, doch er ist feucht, gar nicht so, wie ich mir einen Kuss von John Fitz-James vorgestellt habe.

Hektisch öffne ich die Augen und schaue auf eine braune Hundeschnauze.

»Igitt! Lennox!«, schreie ich laut auf und setze mich aufrecht in meinem Bett auf.

»Du sollst mich nicht küssen«, rufe ich aufgebracht. Nicht nur weil der Hund mich mit seiner Zunge abgeschleckt hat, sondern weil er mich aus einen meiner wahnsinnig tollen Träume gerissen hat, in denen mal wieder mein verhasster Chef die Hauptrolle übernommen hat und die so realistisch sind, dass man meinen könnte, ich lebe in einer Matrix und es gibt noch ein anderes Leben.

Lennox winselt. Er muss mal raus. Ich erhebe mich und werfe einen Blick auf den Wecker. Sieben Uhr. Ohnehin Zeit zum Aufstehen, damit ich pünktlich an meinem Schreibtisch sitzen kann, um nach *Mister-Heiß-und-Skrupelos'* Pfeife zu tanzen.

Dieser verrückte Traum lässt mich nicht los, selbst nachdem ich ausgiebig geduscht habe, einen Kaffee intus und Lennox in meinen kleinen Audi verfrachtet habe, um zur Arbeit zu fahren, lassen mich seine grünen Augen und dieser Kuss einfach nicht mehr los.

Ivy, unsere neue Mitarbeiterin, sitzt weinend an ihrem Tisch, als ich ins Büro komme. Ich bin drei Minuten zu spät.

»Oh Gott, was ist denn hier passiert?«, frage ich Unity, während sie den Stöpsel aus dem Ohr zieht, weil sie gerade einen Brief mittels Diktiergerät abtippt. Wir leben im 21. Jahrhundert und unser Chef spricht seine Briefe noch immer auf ein kleines Gerät, als befänden wir uns in den Achtzigern.

»Ich habe einen Zahlendreher in der Zusammenstellung der Quartalsabrechnungen gemacht ...« Weiter kommt sie nicht, denn sie bricht erneut in Tränen aus.

Habe ich diese Szene nicht gerade erst geträumt?

Nachdem ich Lennox in sein Körbchen verfrachtet habe, laufe ich zum Wasserspender und fülle einen Becher. Es kommt mir wie ein Dèjá vu vor.

»Croft, sofort in mein Büro!«, schallt es durch den Flur und ich verdrehe innerlich die Augen. Ich werde ihn auf keinen Fall küssen, so viel steht fest.

Unity und Pansy, meine beiden Kolleginnen und

besten Freundinnen werfen mir einen Blick zu, der mir Mut machen soll, aber ich bin nun mal die Büroleiterin, ich bekomme mein Fett ab, bei jedem Fehler.

Ich schließe die Tür hinter mir. Sie ist dick gepolstert, sodass nichts nach draußen dringen kann, was hier gleich besprochen wird.

»Croft, Sie sind drei Minuten zu spät«, donnert er gleich los. John Fitz-James steht am Fenster, die Hände tief in den Hosentaschen vergraben und sieht genauso umwerfend aus, wie in meinem Traum. Er trägt einen dunkelgrauen Anzug, mit einem weißen Hemd. Der Kragen steht offen. Sein schwarzes Haar ist akkurat geschnitten, eine Strähne hängt ihm wie üblich in der Stirn. Und jedes Mal juckt es mir in den Fingern, sie ihm aus dem Gesicht zu streichen.

»Ich bin zu spät, weil Lennox exakt fünf Minuten brauchte, um sein Geschäft zu erledigen. Ergo wäre ich zwei Minuten zu früh, wenn ich Ihren Hund nicht hätte Gassi führen müssen. Ich möchte erneut betonen, dass Lennox Ihr Hund ist.«

»Sie haben sich bereit erklärt, sich um ihn zu kümmern.«

»Sie haben ihn mir aufgedrängt. Wenn ich einen Hund hätte haben wollen, hätte ich mir einen gekauft.«

»Der Hund mag Sie.«

»Weil ich mich um ihn kümmere. Dabei sollte er Sie mögen.«

»Sie müssen wohl immer das letzte Wort haben«, brüllt er.

»Ja, weil das letzte auch das wichtigste Wort ist. Und Sie brauchen nicht zu brüllen, ich bin nicht taub.«

Endlich dreht er sich zu mir um und schaut mich feindselig an. »Ich will, dass Sie diese Neue entlassen. Diese ...« Er wedelt mit den Armen.

»Ivy?«

»Ja, genau. Sie ist absolut inkompetent. Wer hat Sie nur eingestellt?«

»Sie, Sir. Aber ich werde Sie nicht entlassen. Nicht, wenn es sich um den Zahlendreher in einer Quartalsabrechnung handelt.«

»Das haben Sie nicht zu entscheiden.«

»Sie ist meine Assistentin und ich will, dass Ivy bleibt. Darüber werde ich nicht diskutieren. Wenn Sie geht, gehe ich auch.«

»Verflucht noch mal, dann gehen Sie doch! Sie glauben wohl, ich komme ohne Sie nicht aus, doch da irren Sie sich gewaltig, Miss Croft.«

Ich frage mich, was diesen Mann so unausgeglichen macht. »Mein Name ist Alisa, nur damit Sie wissen, was Sie auf mein Zeugnis schreiben müssen. Einen schönen Tag, Mister Fitz-James. Übrigens, Lennox verträgt kein Nassfutter und er muss drei Mal am Tag raus. Vergessen Sie das nicht.«

Ich mache auf dem Absatz kehrt und verlasse sein Büro. Lennox kommt mir entgegengelaufen, als scheine er zu wissen, was sich gerade im Büro seines Herrchens abgespielt hat, reibt seine kalte Nase an meinem Bein. Doch auch zwei traurige Hundeaugen können mich von meinem Vorhaben nicht abbringen. »Mach's gut, mein Kleiner«, murmele ich und streichele dem braunen Labrador über den Kopf.

»Was machst du«, ruft Unity panisch, als sie sieht, wie ich die persönlichen Dinge auf meinem Schreibtisch in einen kleinen Karton packe.

»Wonach sieht das denn aus? Ich gehe«, verkünde ich leise.

»Nein, du darfst nicht gehen!« Sofort bilden die Mädels einen Kreis um mich, als könnten sie so dafür sorgen, dass ich das Büro nicht verlasse.

»Sag nicht, du hast schon wieder gekündigt«, meint Pansy und lächelt.

»Was soll das denn heißen?«, frage ich eingeschnappt.

»Na, das wäre ja nicht das erste Mal. Es ist doch so was wie euer tägliches Vorspiel. Gleich wird er aus seinem Büro gestürmt kommen und dich bitten zu bleiben.« Sie hebt die Schultern, als wäre das hier eine TV-Soap.

»Mit dem Unterschied, dass ich diesmal nicht ...«

»Croft! Kommen Sie in mein Büro, wenn Sie noch da sind.« John Fitz-James' Stimme hört sich diesmal nicht ganz so unfreundlich an, als wir es gewohnt sind. Er steht halb im Türrahmen und schaut in das Großraumbüro, um sich zu vergewissern, dass seine Worte auf den Empfänger treffen. »Wären Sie so freundlich?«, schiebt er noch nach und winkt mich mit der Hand zu sich.

Ich schaue Pansy an, die leise vor sich hin lächelt. Ich hasse es, wenn sie recht behält und das bringt mich schon wieder auf die Palme. Ich mache auf dem Absatz kehrt, folge ihm in sein Büro. Lennox hat sich mittlerweile unter Fitz-James Schreibtisch niedergelassen und blickt uns abwechselnd an. Mit Absicht habe ich die Tür offenstehen gelassen, doch Fitz-James schließt sie demonstrativ.

»Okay, Sie haben gewonnen. Ivy kann bleiben. Aber Sie sind für ihre Fehler verantwortlich, nur damit das klar ist.«

»Sie ist neu. Was erwarten Sie? Menschen, die perfekt wie Computer arbeiten? Man sollte immer zuerst vor der eigenen Tür kehren«, meine ich spitz.

»Was wollen Sie denn damit sagen?« Er hebt eine Augenbraue und schaut mich fragend an.

Für meine Begriffe steht er mir viel zu nah gegenüber, was mich an meinen Traum erinnert, an all meine Träume, in denen John Fitz-James eine tragende Rolle spielt, und mir wird plötzlich ganz heiß. Röte steigt meine Wangen hinauf, das spüre ich an der Hitze in meinem Gesicht. »Niemand ist unfehlbar«, murmele ich verlegen.

»Vielleicht haben Sie recht«, meint er leise und hebt seine Hand. Im ersten Moment denke ich, er will meine Wange berühren, doch dann geht seine Hand zu meiner Schulter. »Ein Fussel«, raunt er mir zu und lässt die Hand wieder sinken.

Ich habe den Atem angehalten und atme jetzt unkontrolliert aus. Als ich tief Luft hole, steigt mir der herbe Duft seines Rasierwassers in die Nase und ich habe Angst ohnmächtig zu werden, so gut riecht er. Warum muss so ein wunderbarer Mann, so ein Kotzbrocken sein?

»Sie müssen heute Abend Lennox noch mal mit zu sich nach Hause nehmen«, bestimmt er.

Was er sich nur immer einbildet. »Das geht nicht. Ich habe heute Abend etwas vor.«

Er schaut mich an, als wolle er fragen, was eine wie ich denn schon vor haben könnte, doch die Frage kommt ihm nicht über die Lippen.

»Ich habe morgen frei«, erkläre ich.

»Warum haben Sie morgen frei?« Er schlägt schon wieder diesen Ton an, den ich gar nicht leiden kann.

»Weil ich morgen Geburtstag habe und heute Abend mit meinen Freundinnen feiern gehe. Sie müssen sich mal selbst um Lennox kümmern.«

»Wer hat Ihnen den freigegeben?«, fragt er konsterniert.

»Sie, Sir.«

»Dann verschieben Sie Ihren Scrabble Abend, oder was sie sonst auch vor haben.«

Ich schnaufe laut auf. »Auch wenn es Sie überhaupt nichts angeht, aber ich gehe mit Unity, Ivy und Pansy in einen Club, um meinen Geburtstag zu feiern.«

»Welcher Club?«

Er ist so was von neugierig, doch ich bin viel zu sauer, als dass ich mich zurückhalten kann. »Ins *My Mind*.«

»Das ist ein erotischer Club.« Fitz-James schaut mich geringschätzig an.

Als wenn ich das nicht wüsste, schließlich gehört das *My Mind* zu den Firmen, die ich selbst betreue. »Glauben Sie, man wird uns dort nicht hineinlassen?« Meine Stimme klingt aggressiv.

Er blickt mich abschätzend an. »In diesem Aufzug mit Sicherheit nicht.«

»Wer sagt denn, dass ich so ...« Ich schließe meinen Mund und werde mich nicht weiter provozieren lassen.

Ich wende mich zur Tür und Lennox erhebt sich ebenfalls. »Mach Platz, Lennox, heute kannst du nicht mitkommen. Herrchen wird sich gut um dich kümmern.«

»Ihr Urlaub ist gestrichen.«

KAPITEL 2

Ich kann den Feierabend gar nicht abwarten. Heute ist mein großer Abend. Morgen werde ich dreißig. Ein runder Geburtstag, den ich unbedingt feiern will. Man wird ja schließlich nur ein Mal dreißig. Obwohl, wenn ich es mir recht überlege, wird man auch nur einmal neunundzwanzig, ach egal, ein Geburtstag ist immer ein Grund zum Feiern. Für diesen Anlass habe ich mir extra ein neues Kleid gegönnt. Nun, ob der Begriff Kleid der richtige Ausdruck ist, weiß ich nicht, müssen Kleider nicht eine bestimmte Länge haben? Meine Mutter würde es vermutlich als breiten Gürtel bezeichnen. Dazu ist es auch noch sehr durchsichtig, aus schwarzem Organza. Mit zwei dünnen Trägern. Einen BH kann ich darunter nicht tragen, dafür ist es am Rücken zu tief ausgeschnitten. Als Dessous muss ich einen String wählen, alles andere würde sich abzeichnen. Das feine Gewebe ist mit kleinen Strasssteinchen durchwebt. Ich hoffe, sie lenken von meinem kleinen Busen ab. Ich trage eine dunkelrote Stola dazu und hohe schwarze Schuhe. Mein kupferrotes Haar habe ich auf Lockenwickler aufgedreht, Ich finde mich hübsch, meine langen Haare sind nun von Wellen gezeichnet und lassen es weich wirken. Ich benutze einen dunkelroten Lippenstift und etwas Rouge, zusammen mit dem schwarzen Mascara lässt das dezente Make-up meine grauen Augen leuchten. Ich wette, Euer Hochwohlgeboren würde mich in diesem Aufzug mit Sicherheit nicht erkennen. Schon ärgere ich mich, dass ich überhaupt an Fitz-James denke. Warum taucht er nur immer wieder in meinen Gedanken auf. Das ist wirklich krank.

Vor dem Club warte ich auf die Mädels. Ich habe mir ein Taxi gegönnt, denn heute werde ich bestimmt etwas mehr trinken, um mich danach noch selbst hinters Steuer setzen zu können.

Es dauert keine fünf Minuten, da treffen die Mädels ein, die sich ebenfalls ein Taxi geteilt haben.

»Schaut, was ich ergattert habe!«, ruft Unity aufgeregt und hält vier Karten in die Höhe.

»Was ist das?«, frage ich aufgeregt.

»Wow, Alisa! Du siehst wundervoll aus. Ich hätte dich beinah nicht erkannt.« Unity schaut mich staunend an.

»Mein Gott, was für ein Kleid. Wo hast du das nur her?« Ivy schlägt sich vor Staunen die Hände vor den Mund.

»Ach, das habe ich im Ausverkauf erstanden.«

»Es ist ein Designerstück, stimmt es?« Pansy hat ein Auge dafür.

»Ja, ich habe es bei Herold's ergattert«, gebe ich zu.

»Selbst wenn du es zum halben Preis bekommen hast, hat es immer noch ein Vermögen gekostet.« Unity gibt einfach keine Ruhe.

»Was hast du da?«, frage ich und tippe auf die Karten in ihrer Hand.

Sie hält sie siegessicher in die Höhe. »VIP-Karten«, ruft sie aufgeregt.

»Was? Für das *My Mind*?« Ich kann es nicht glauben. »Wie bist du da nur herangekommen?«

»Ein verfrühtes Geburtstagsgeschenk.« Sie grinst wissend, verrät aber sonst nichts.

Mit den Karten brauchen wir uns nicht in die

Reihe der wartenden Gäste einreihen, sondern werden direkt eingelassen. Einer der Türsteher begleitet uns persönlich in den VIP-Bereich. Dort haben wir eine eigene Loge, die in der ersten Etage liegt. Es steht eine Flasche Champagner bereit und eine Kellnerin, die nur einen Hotpants und ein durchsichtiges Oberteil trägt, füllt unsere Gläser und informiert uns, dass alle Getränke aufs Haus gehen. Ich kann mein Glück gar nicht fassen.

»Hast du die Oberarme des Türstehers gesehen?«, meint Unity lächelnd, »die würde ich mir gerne mal genauer ansehen. Also auf einen tollen Abend!« Sie verteilt die Gläser und wir stoßen an.

»Los, lasst uns tanzen.« Ivy ist ganz wild darauf, endlich auf die Tanzfläche ins Erdgeschoss zu kommen. Der Club ist voll, die verschiedenen Bars überfüllt von Menschen, die ihre Getränke ordern. Es dauert nicht lange und wir treffen auf eine Gruppe von Männern, die uns genau beobachten.

»Hi, ich bin Tom! Darf ich deinen Namen erfahren?«, spricht mich einer der Männer aus der Gruppe an, doch bevor ich überhaupt Luft holen kann, fährt Unity dazwischen. »Tut mir leid, die Dame hat heute schon ein Date.«

Sie nimmt meinen Arm und zieht mich zur Treppe, die in die Loge führt.

»Warum hast du das gemacht? Endlich hätte ich mal einen netten Typ kennenlernen können.« Ich fass es einfach nicht. Warum macht sie das? »Was ist denn los? Warum darf ich mich mit dem Typ nicht unterhalten? Ich habe doch gar kein Date«, meine ich ein wenig beleidigt.

»Was du nicht sagst. Alles Liebe zum Dreißigsten!«, rufen die Mädels im Chor und umarmen mich. Sie drücken mir fette Küsse auf die Wangen, und danach stoßen wir mit einem weiteren Glas Champagner an. Sobald ich einen Schluck getrunken habe, nimmt Pansy mir das Glas aus der Hand.

»Hey!«, rufe ich und will es mir wiederholen, doch sie schüttelt den Kopf.

»Wir haben eine Überraschung für dich.« Unity wedelt mit einem Umschlag vor meiner Nase herum, während die anderen mich aufgeregt anblicken.

»Oh, ihr solltet doch nichts für mich ausgeben.«

»Los, mach es schon auf.«

»Aber es ist noch gar keine zwölf Uhr.« Ein Blick auf meine Uhr bestätigt, dass es gerade mal elf ist.

»Auf die eine Stunde kommt es doch nicht an. Los schau schon rein.«

Okay, ich kann nicht anders. Ich liebe Überraschungen und reiße den roten Umschlag auf. Darin finde ich eine Schlüsselkarte mit einer Nummer drauf, mehr nicht. Etwas verwirrt halte ich sie hoch und drehe sie neugierig.

»Wofür ist die?«, frage ich ein wenig unsicher. Die Mädels schauen mich an, als müsste ich jeden Moment in Hysterie ausbrechen.

»Du weißt doch, dass der Club über spezielle Räume verfügt, in denen man sich zurückziehen kann. Zu zweit«, erklärt Unity.

»Tja, zu zweit wäre ich gewesen, wenn ich den Typen auf der Tanzfläche näher kennengelernt hätte«, meine ich und lächele verlegen.

»Irrtum. Es wartet jemand dort auf dich und ich kann dir versprechen, es wird die Nacht deines Lebens.«

WAS? Ich glaube, ich habe mich verhört. »Was habt ihr gemacht?«

»Wir haben dir einen Typen ausgesucht, der dort auf dich wartet, und dir deinen Geburtstag versüßen wird. Wir haben ihn alle zusammen für dich ausgesucht.«

Ich kann es nicht glauben. »Nein, das habt ihn

nicht gemacht. Ihr habt nicht einen Callboy für mich organisiert.« Ich schüttele den Kopf, doch die leuchtenden Augen meiner Freundinnen zeugen davon, dass sie genau das gemacht haben.

»Ich kann doch nicht einfach mit irgendeinem Typen schlafen!«, meine ich leise.

»Warum denn nicht?«, fragt Ivy und hebt die Schultern. »Schau ihn dir doch zumindest an. Was soll denn schon groß passieren? Du lässt dich verwöhnen und siehst ihn nie wieder. Da ist doch nichts dabei.«

Ha! Hat sie eine Ahnung. Da ist sogar sehr viel dabei.

»Sorry, Leute. Das ist sehr lieb gemeint, aber ich kann das nicht.« Ich beiße mir auf die Lippen.

»Liebes, es ist dein dreißigster Geburtstag. Du bist doch keine Jungfrau mehr. Diese Typen sind gut gebaut, erfahren und verschwiegen. Anschauen kostet nichts. Los, mach schon. Die Zimmer liegen in der obersten Etage.« Unity drängt mich geradezu in Richtung Treppe, die eine Etage höher führt. »Der Kerl kostet eine Menge Geld, also enttäusch uns nicht. Mach ein Beweisfoto«, flüstert sie mir ins Ohr und drückt mir einen dicken Kuss auf die Wange.

Als ich mich einen Moment später zu ihr

umdrehe, ist sie verschwunden. Ich blicke auf die Zimmerkarte in meiner Hand. Nummer sieben. Gott, meine Glückszahl. Na, das kann ja dann gar nicht schief laufen.

In der oberen Etage angekommen wandere ich langsam den Gang entlang, die Türen sind durchnummeriert. Sie haben unterschiedliche Farben, die Nummer sieben ist dunkelrot. Es gibt nur einen Türknauf, die Tür selbst ist verschlossen. Also schiebe ich die Schlüsselkarte in den Slot und mit einem kleinen Piepton, öffnet sie sich. Der Flur ist nur spärlich beleuchtet, der Raum von Zimmer Sieben noch dunkler.

»Okay, alles oder nichts!«, murmele ich, atme angestrengt aus und betrete den Raum.

Den Mann auf dem Bett nehme ich sofort wahr. Als ich eintrete und die Tür hinter mir schließe, erhebt er sich. Zum Glück ist er angezogen, ich hatte schon befürchtet, ihn nackt im Bett vorzufinden. Er schüttet Champagner in zwei Gläser und dreht sich zu mir um. »Herzlichen Glückwunsch zum Geburtstag, Croft. Darf ich Ihnen ein Glas Champagner anbieten?«

KAPITEL 3

»Mister Fitz-James?« Ihre Stimme bricht, und sie muss sich räuspern, als sie meinen Namen ausspricht. Der Ausdruck in ihrem Gesicht ist göttlich. Sie hat wohl mit allem gerechnet, nur nicht mit mir. Und ich habe nicht eine dermaßen heiße Frau erwartet. Bisher kenne ich Miss Croft immer nur in strengen Hosenanzügen und Blusen, die meist bis zum Hals alles verdecken. Im ersten Augenblick, als sie zur Tür hereinkommt, habe ich sie gar nicht erkannt. Ihr Haar sieht so anders aus, ihr Körper wird von einem Hauch von nichts bedeckt. Sie trägt High Heels, die ihre schlanken Beine gut zur Geltung bringen. Ich würde am liebsten das Licht einschalten, damit ich mehr von ihr sehe, doch ich denke, es würde sie verschrecken.

»Was ... was machen Sie hier?«

»Ich warte auf Sie«, gebe ich ehrlich zu.

»Auf mich? Aber ich dachte, hier wartet ... also die Mädels sagten mir, dass ...« Sie fährt hektisch mit der Hand über ihren Hals.

Langsam gehe ich auf sie zu, reiche ihr das Glas. »Happy Birthday, Alisa«, meine ich leise und stoße gegen ihr Glas.

»Danke«, murmelt sie und trinkt das Glas in einem Schluck leer.

»Sie scheinen sehr durstig zu sein. Darf ich Ihnen noch etwas anbieten?«

Sie schüttelt den Kopf.

»Der Champagner kostet dreihundert Pfund. Wir sollten ihn nicht schal werden lassen.« Ich nehme die Flasche aus dem Sektkühler und schütte ihr nach.

»Was wollen Sie hier, Mister Fitz-James?«

Ich ziehe meine Anzugsjacke aus und werfe sie über die Armlehne des Sessels, der neben dem Bett steht. »Ich mache hier das, wofür ich bezahlt wurde.«

»Was?«, ruft sie aufgeregt und macht einen Schritt auf mich zu, während ich meine Krawatte ablege und mein Hemd zur Hälfte aufknöpfe. »Was machen Sie da?«, ruft sie aufgeregt.

»Wonach sieht es denn aus?«

»Nein, bitte, das geht nicht. Ziehen Sie sich wieder an. Es muss sich um einen Fehler handeln. Ich glaube nicht, dass meine Freundinnen Sie für mich ausgesucht haben.« Sie fährt sich hektisch durch ihr Haar und ihre Wangen färben sie mal wieder rot. Ich liebe es, wenn sie rot wird. Langsam bekomme ich wirklich Lust sie zu küssen. Ich weiß nicht, was mich geritten hat, diesen Auftrag zu übernehmen. Doch seit dem Zeitpunkt, als Unity mir erzählte, welche Überraschung hier auf Alisa wartet, formte sich ein ganz genauer Plan in meinem Kopf. Ich konnte den Gedanken nicht ertragen, dass ein anderer Mann hier auf sie wartet. Es war ein leichtes Angus von diesem Job abzuziehen, damit ich ihn selbst übernehmen kann. Immerhin steht er auf meiner Gehaltsliste.

»Sie wollen doch nicht wirklich ... nein, das können Sie nicht durchziehen. Woher wissen Sie überhaupt davon? Ich werde jetzt gehen.«

Sie wendet sich um, doch ich bin schneller und schlinge meine Arme um ihren Körper. »Wie wäre es, wenn du mich für den Anfang erst mal John nennst?« Ihr Haar streichelt mein Gesicht, als ich mich zu ihr hinunterbeuge. »Du duftest so gut.«

»Mister Fitz-James, ich halte es nicht für angebracht. Sie können nicht mit mir schlafen.« Sie dreht sich in meinen Armen und blickt mich herausfordernd an.

»Warum nicht. Ich wurde dafür bezahlt.«

»Das ist wirklich erniedrigend. Bitte lassen Sie mich los.«

»Ich finde es sehr erregend«, murmele ich leise und lege meine Hände auf ihre Hüften. »Du willst doch deine Freundinnen nicht enttäuschen, oder?«

»Das ist ein Scherz, oder? Sie stecken mit den Mädchen unter einer Decke, habe ich recht?« Jetzt beginnt sie zu lachen und sieht so sexy dabei aus. »Ich wäre beinahe darauf hereingefallen. Sie sind wirklich ein guter Schauspieler, das muss ich Ihnen lassen, Mister Fitz-James.« Sie will sich aus der Umarmung drehen, doch ich halte sie weiter fest.

»Das ist alles andere als ein Scherz, Alisa.« Ohne weiter darüber nachzudenken, beuge ich mich hinunter und küsse sie. Eigentlich sollte es nur ein kleiner kurzer Kuss werden, doch sobald meine Lippen ihre Haut berühren, macht das jeden Plan zunichte.

Seine Lippen auf meinem Mund fühlt sich an, als gehören sie dorthin. Ich kann es einfach nicht fassen, ihn hier zu treffen. Es kann sich nur um einen Scherz handeln, wenn auch ein sehr makabrer. Doch sein Kuss fühlt sich keineswegs wie einer an. Ich versuche diesem Kuss nicht zu viel Bedeutung beizumessen, es ist immerhin nur ein Kuss, doch ich meine, hey, das ist ein Weltklassekuss. Der Moment, als er seinen Kopf wieder anhebt, spüre ich ein Bedauern.

»Alles Gute zum Geburtstag, Alisa«, flüstert er an meinen Lippen.

»Danke.« Ich schaue in seine grünen Augen, in die ich schon so oft geblickt habe, doch plötzlich ist alles anders. Es hat den Anschein, als würde ich ihn zum ersten Mal wirklich sehen.

»Du siehst so was von heiß in diesem Kleid aus, du solltest es zur Arbeit anziehen«, meint er und schaut mich verlangend an. Das kann nicht der John Fitz-James sein, den ich kenne. Wo ist der Kotzbrocken abgeblieben? »Zieh es aus«, meint er in einem Ton, der mir eine Gänsehaut verschafft.

»Nein«, ich schüttele den Kopf. Das kann ich auf keinen Fall zulassen.

»Doch, Alisa. Glaubst du, ich würde deine verlangenden Blicke nicht sehen, die du mir zuwirfst, wenn wir miteinander streiten? Was glaubst du, warum ich ständig mir dir Krieg führe? Ich will dich und jetzt habe ich die einmalige Gelegenheit dazu.«

Ich kann nicht fassen, was er da von sich gibt.

»Du glaubst mir nicht?« Er streichelt meine Wange und diese Berührung ist so ganz anders, als jeder Kontakt, den wir bisher hatten.

»Es ist nicht richtig.«

»Hör auf zu denken und küss mich.«

Er kommt mir näher, wartet jedoch darauf, dass ich ihm entgegenkomme. »Es ist nur ein kleiner Schritt, Alisa.«

»Ich kann nicht, Mister ...«

»Hier bin ich für dich nur John. Einfach nur John.«

Ich schließe die Augen, und alles um mich herum beginnt in Vergessenheit zu geraten. Ich nehme seinen Duft auf, so fruchtig nach Grapefruit und Rosmarin. Ich atme durch den offenen Mund, weil mich dieser Duft trunken macht.

»Sag es«, flüstert er mir ins Ohr.

»John«, kommt es leise über meine Lippen und es hört sich wie eine ganze Symphonie an.

»Was möchtest du?«, fragt er und streichelt meine Arme mit seinen Fingerspitzen.

Diese Berührung bringt mich um den Verstand. Sie macht mich regelrecht high, als wäre er eine Droge, die nur ich konsumieren kann. »Dich.« Dieses Wort schreit geradezu in meinem Kopf, doch ausgesprochen hören sie sich wie ein leises Flüstern an.

»Das wollte ich hören.« Er hebt mein Kleid an und zieht es mir über den Kopf. Er blickt mich genau an, zieht hörbar die Luft zwischen die Zähne ein. »Du bist wunderschön. Warum habe ich das bisher nicht erkannt?« Er zerrt mich an seinen Körper, ich spüre seine Erregung, die sich hart gegen mich drückt.

»Wir können nicht ...« Es ist ein letzter kläglicher Versuch, doch er legt mir einen Finger auf die Lippen. »Du musst vergessen, was wir sind. Hier sind wir nur Alisa und John, mehr nicht. Nichts anderes zählt. Eine Frau und ein Mann, die das Schönste teilen werden, was es auf Erden gibt. Hör auf zu denken, schalte deinen messerscharfen Verstand ab und fühle nur noch. Lass dich fallen, ich werde dich auffangen, das verspreche ich dir.«

Seine schönen Worte berauschen mich. Ich trage nur noch den knappen String und komme mir sexy und begehrenswert vor. Ich winde mich aus seinen Armen, greife zu meinem Glas und trinke einen Schluck Champagner. Ich mag dieses Gefühl, mich attraktiv zu finden, ich liebe es, wenn sein Blick auf meinem Körper liegt und er nicht genug davon bekommen kann. In diesem Raum bin ich plötzlich eine ganz andere. Alisa, die mutige, die geheimnisvolle Verführerin.

Nachdem ich den Inhalt des Glases geleert habe, steige ich aus meinen Schuhen. Nun bin ich ein ganzes Stück kleiner und ich muss mich auf Zehenspitzen stellen, um John auf den Mund zu küssen. Dabei wandern meine Hände zu seinem Hemd, um die restlichen Knöpfe zu öffnen, damit ich es ihm von den Schultern schieben kann. Er hält ganz still. Auf seine Brust verteile ich kleine Küsse, wandere weiter zu seinem Rücken und erstarre. Das ist wirklich eine Überraschung. Ein riesiges Tattoo ziert seine Haut. Wunderschöne ausgebreitete Engelsflügel, sehr detailreich dargestellt. Darunter mit geschwungenen Buchstaben der Satz: Nichts ist so gewöhnlich wie der Wunsch bemerkenswert zu sein!

»Wow!«, entfährt es meinen Lippen und komme nicht umhin, die Tinte mit meinen Fingerspitzen nachzufahren. »Shakespeare auf deiner Haut. Das hätte ich nicht erwartet.« Niemals im Leben hätte ich John so etwas zugetraut. Dieser Mann steckt voller Geheimnisse und ich bin gerade dabei, eines nach dem anderen zu lüften. John bewegt sich nicht, während ich seine Haut erkunde. Als ich wieder vorne ankomme, öffne ich den Gürtel und Verschluss seiner Anzughose. John beugt sich vor, schlüpft aus Schuhe und Strümpfe, dann lässt er die Hose einfach zu Boden fallen. Wir stehen uns gegenüber, fasziniert von der Gestalt des jeweils anderen.

»Komm zu mir.« Seine samtene Stimme durchbricht die Stille, obwohl es eigentlich nicht still ist, da das Wummern der Bässe aus dem Club deutlich zu hören ist.

Ich ziehe meinen String aus, er landet, wie die andere Kleidung auf dem Boden, dann schließe ich die Lücke, hocke mich vor ihm hin, und ziehe John seine Shorts aus.

Seine Erektion springt mir regelrecht entgegen. Er ist hart und ich umfasse seine Härte, mit der Hand reibe vorsichtig darüber.

»Du bist diejenige, die heute Geburtstag hat. Ich werde dich verwöhnen«, meint er lächelnd, und zieht mich an den Schultern wieder in den Stand. Er schiebt seine Hände unter meinen Po, hebt mich hoch und trägt mich zu dem Bett. Es ist eines dieser hohen Boxspringbetten, breit und gemütlich. John lässt mich darauf nieder. Fast bedauere ich, dass unser Körperkontakt abbricht. Kaum lässt er mich los, vermisse ich seine Hände - das ist verrückt. Zunächst traue ich mir nicht zu, ihm direkt in die Augen zu schauen, doch als er mich dazu auffordert, blicke ich in ein Meer von Grün, dass mich nicht mehr loslässt.

»Schau mich an, lass mich nicht aus den Augen«, befiehlt er und ich befolge seine Anweisungen nur zu gern.

Er spreizt meine Beine, stellt sich dazwischen und streichelt die Innenseiten der Schenkel.

»Deine Haut ist so weich«, knurrt er. »Ich kann gar nicht aufhören dich zu berühren.«

Immer weiter fahren seine erfahrenen Hände meine Haut entlang, berührt stellen, die er bisher noch nicht zu Gesicht bekommen hat. Als er seine gespreizte Handfläche auf meine Scham legt, atme ich hektisch ein und halte den Atem an.

»Wunderschön«, murmelt John, zieht ebenfalls die Luft ein.

Ich atme ganz flach, weil ich nicht weiß, was er als Nächstes vor hat. Diese Ungewissheit macht mich ganz irre, fast so wie seine Berührungen. Sein

Daumen beginnt meine Klitoris zu massieren, ganz leicht und sanft, und entlockt mir damit einen lauten Seufzer.

»Mehr?«, fragt er mich.

Ich schließe für eine Sekunde die Augen, und sofort hält er in der Bewegung inne, will, dass ich ihn ansehe. Sofort stelle ich den Augenkontakt wieder her. Er ist mein Gebieter, ich reagiere auf jedes Kommando, das er erteilt. Mit nur einer Berührung werde ich zu seiner Sklavin, obwohl ich es gar nicht will.

»Ja«, hauche ich in den Raum, strecke ihm mein Becken entgegen, um meiner Antwort Nachdruck zu verleihen.

»Was bekomme ich dafür?«

Er lächelt bei diesen Worten und kleine Fältchen bilden sich an seinen Augen. Ich kann mich nicht erinnern, ihn je Lachen gesehen zu haben, er sollte es öfter tun, denn John sieht so sexy damit aus. Es kommt mir vor, als würde ich diesen erotischen Mann zum ersten Mal sehen - als würde ich den wahren John Fitz-James gar nicht kennen.

»Was bietest du mir?«, fragt er erneut und hält in der Bewegung inne.

»Ich weiß nicht. Was möchtest du denn?« Wahrlich bin ich ratlos, was er von mir verlangt.

»Wozu bist du bereit, wenn ich dich kommen lasse?«

»Ich lasse dich ebenfalls kommen«, biete ich ihm selbstbewusst an.

»Davon gehe ich aus, das reicht mir nicht.«

Himmel, was will er von mir. »Ich habe keine Ahnung.«

»Ich will ein weiteres Treffen.«

Was? Ich habe ihn nicht richtig verstanden. Mein Blut rauscht mir in den Ohren. Hat er gesagt, dass er mich ein weiteres Mal treffen will?

»Wir treffen uns doch«, erkläre ich atemlos.

»Du weißt, wo von ich spreche. Sag ja und ich ficke dich, dass du deinen Namen vergisst.«

»Wann?«, frage ich und versuche mich zu konzentrieren, denn er massiert meine Klit erneut.

»Morgen, um die gleiche Zeit. Sag ja.«

»Ja«, stöhne ich. »Ja.« Ein Schrei ertönt, als er einen Finger in mich hineinschiebt. Ohne Ansage, ohne Vorbereitung, aber mit Gefühl und Vorsicht. Ich hatte bisher keine Ahnung, was dieser Mann mit seinen Fingern anstellen kann. Vermutlich werde ich nie wieder auf seine Hände schauen können, ohne mich an diesen Moment zu erinnern.

»Entspann dich.«

Ich zerfließe, löse mich in meine Einzelteile auf,

das denke ich zumindest. Dieses Gefühl darf nicht vergehen. Er hat mich angefixt, und ich habe keine Ahnung, wie ich je wieder darauf verzichten soll. Was kann noch kommen? Mehr ist gar nicht mehr möglich.

»Dir zuzusehen, macht mich verrückt. Du bist so nass und dein Duft ist für mich unwiderstehlich. Ich kann nicht warten.« Seine Worte klingen abgehakt, als müsste er sich sehr zusammenreißen. Als er von mir lässt bin ich fast ein wenig enttäuscht.

Er geht hinüber zum Nachttisch, nimmt aus der Schale, die darauf steht, ein Kondom, reißt es mit den Zähnen auf. Während er zurückkehrt, zieht er den Schutz über, greift nach meinen Beinen und zieht mich zur Bettkante. Mit einem Stoß dringt er in mich ein und knurrt laut auf. Seine animalische Art macht mich irre an, ich winde mich, während er sich langsam in mir bewegt, sein Tempo aber stetig steigert.

»O Gott!«, stöhne ich, greife zu meinen Brüsten, massiere die Nippel, was meine Erregung immer weiter steigert. »Mehr!«, fordere ich und John kommt meiner Bitte gerne nach.

Kleine Schweißperlen bilden sich auf seiner Brust und ich wünschte mir, ich könne ihn berühren, doch in meiner momentanen Lage reiche ich nicht an ihn heran. Also bleibt mir nur der Augenkontakt.

»Du fühlst dich geil an. Ich wünschte, ich könnte dich richtig spüren.«

Ja, das wünschte ich auch, doch ich bringe es nicht über meine Lippen. Ich konzentriere mich auf die Welle, die mich erfasst. Zu lange habe ich es hinausgezögert, dass ich noch länger warten kann. Ich spüre den Alkohol in meinem Blut, die Wärme, die meinen Körper erfasst und vor allem seine Berührungen. Der Moment, wenn unsere Becken sich treffen, die raue Art, mit der er mich nimmt. Johns Atem kommt nur noch abgehakt, ich erkenne, er ist auch kurz davor zu kommen.

»Komm mit mir, Baby!«, ruft John und stößt hemmungslos in mich hinein, spreizt meine Beine immer weiter, hält mich gleichzeitig fest, damit ich nicht wegrutsche.

»Ja, ich komme!« Ein lauter Schrei, der seinen Namen trägt, so wie er es versprochen hat, ertönt und ich falle über die Klippe mit weit ausgebreiteten Armen, als wolle ich fliegen, lasse mich hinabgleiten in ein schwarzes Nichts, und habe vertrauen, dass John mich auffangen wird.

KAPITEL 4

Schwer atmend liegt John neben mir, nachdem er das Kondom entsorgt hat. Er hat das Laken über uns ausgebreitet, was eine Art intime Atmosphäre schafft. Das seidige Laken kühlt meinen erhitzten Körper und fühlt sich wundervoll auf der Haut an.

»Möchtest du etwas trinken?«, fragt John und schenkt unsere Gläser ein.

»Ja, bitte.«

Er reicht mir mein Glas. »Herzlichen Glückwunsch zum Geburtstag.« Ich schaue auf meine Uhr, es ist bereits weit nach Mitternacht. Dreißig - schießt mir durch den Kopf. Er stößt mit mir an, wir trinken einen Schluck, dann nimmt er mir das Glas wieder ab. Seine Hände umschließen mein Gesicht und er küsst mich. Erst sanft, und ich denke, es ist nur ein kleiner Geburtstagskuss, wird sein Kuss dann drängender. Seine Zunge sucht einen Weg in meinen Mund und findet ihn. Er schmeckt köstlich nach Champagner und herb nach Mann. Seine Lippen stehen ganz im Gegensatz zu seiner rauen Zunge, sie liegen weich und zärtlich auf meinem Mund. Obwohl ich total erledigt bin, möchte ich nicht, dass dieser Kuss endet. Als John seine Hände ins Spiel bringt, stöhne ich laut auf, was John mit einem Lächeln quittiert.

»Croft, ich bin zwar potent, aber auch ich brauche eine kleine Pause.«

Dass er meinen Nachnamen benutzt, ist wie eine kalte Dusche. Ich erstarre merklich. Plötzlich steht mir diese irrationale Situation klar vor Augen. Ich rücke ein wenig von ihm ab, schaue ihn erschrocken an. Ich bin ganz trunken, nicht nur von dem Champagner, auch von seiner Nähe, dem Sex, doch mein Herz rast, weil mich unvermittelt die Wirklichkeit einholt.

»Ich sollte jetzt gehen.« Meine Stimme kratzt und ich bin unsicher. Wenn ich jetzt aus dem Bett steige wird er mich nackt sehen und das ist mir peinlich. Was wiederum ziemlich bescheuert ist, denn er hat mich nicht nur nackt gesehen, sondern ganz andere Dinge mit meinem Körper angestellt.

»Wir haben das Zimmer die ganze Nacht. Ich möchte noch nicht, dass du gehst.«

»Aber meine Freundinnen warten sicherlich auf mich.«

»Deine Freundinnen werden sicherlich nicht mehr mit dir rechnen. Entspann dich. Komm her.«

Er hebt seinen Arm, damit ich mich an seine Brust lehne. Ich beiße mir auf die Unterlippe, überlege einen Augenblick, dann gebe ich nach und kuschele mich in seinen Arm. Diese Situation hier ist so unwirklich, dass ich innerlich den Kopf schüttele. Wenn ich es nicht besser wüsste, könnte dies einer meiner verrückten Träume sein. Doch ich bin wach, hellwach.

»Wissen Unity, Ivy und Pansy, dass ich mit dir hier bin?«, frage ich vorsichtig.

Nachdenklich schüttelt John den Kopf. »Nein. Sie haben Angus für dich gebucht.«

»Warum bist du dann hier?«

Er streichelt zärtlich meinen Oberarm. »Du machst mich wahnsinnig«, murmelt er leise, als wäre das, Erklärung genug. Als ich schon denke, er wird es nicht weiter erläutern, holt er tief Luft und meint: »Ich konnte den Gedanken nicht ertragen, dass ein anderer mit dir schläft.«

»Warum denn nicht?«, frage ich verwundert. Hätte ich nicht eine halbe Flasche Champagner intus, wäre ich bestimmt nicht mutig genug, diese Frage zu stellen.

John bewegt sich unruhig, dass Laken rutscht tiefer, ich sehe, dass seine Männlichkeit bereits wieder hart ist. Er nimmt meine Hand, drückt sie gegen seinen Schaft. »Deshalb.«

Was soll ich damit anfangen? Hatte er nur Lust zu ficken? Wollte er mich? Oder ist etwas mit Angus nicht in Ordnung? Ich habe keine Ahnung. Meine Konzentrationsfähigkeit lässt merklich nach, etwas das mir selten passiert.

Ich blicke zu John auf, seine grünen Augen mustern mich. »Ich will dich noch mal. Ich habe keine Ahnung, was du mit mir anstellst, aber ich kann nicht von dir lassen. Dein Körper macht mich verrückt, die Geräusche die du von dir gibst, während ich in dir bin, sind bemerkenswert«, brummt er und seine Hände streicheln meine Haut.

Meine Finger schieben sich unter das Laken, tasten sich vorsichtig zu seiner Erektion, liebkosen ihn leicht.

»Ich bin nicht aus Zucker, Baby, du kannst mich ruhig richtig anfassen.«

In seinem Ton schwingt ein merkwürdiger Unterton mit, der mich hellhörig werden lässt. »Du magst es härter«, stelle ich fest und bin mir sicher, dass ich richtig liege.

»Ja«, gibt er zu.

»Wie hart?«

»Ziemlich.«

»Dann hast du dich gerade sehr zurückgehalten?«

»Ich habe normalerweise anderen Sex«, gibt er zu.

Ich möchte gar nicht wissen, wie der aussieht, weil ich es weiß. In einem anderen Leben, das lange hinter mir liegt, habe ich ebenfalls eine ganz andere Art von Sex genossen, doch das ist Vergangenheit.

»Möchtest du es mir zeigen?«, frage ich zögerlich.

John schaut mich einen Moment erstaunt an, dann schüttelt er den Kopf. »Nicht heute Nacht. Dreh dich auf den Bauch.«

Sofort komme ich seiner Aufforderung nach. Ich spüre, wie er über meinen Körper gleitet, mich mit seiner warmen Gestalt bedeckt. Johns Hände fliegen über meine Haut und halten plötzlich inne.

»Was ist das?«, fragt er barsch und richtet sich auf. Tastet weiter über meinen Rücken.

»Das sind kleine Narben«, gebe ich zu und will unter ihm hervorkriechen, doch er hält mich fest.

»Woher hast du diese Narben?«

Das ist etwas, worüber ich nicht spreche. Ich bleibe stumm.

Ohne sein Tun zu unterbrechen, will er jedoch eine Antwort auf meine Frage. Ich weiß, er wird nicht lockerlassen, bevor er die Wahrheit kennt.

»Ich sollte wirklich gehen«, meine ich stockend.

»Nein, Alisa. Sag mir die Wahrheit. Woher kommen diese Narben auf deinem Rücken.«

Mein Atem stockt, als ich antworte. »Mein Master hat die Kontrolle verloren, als er mich ausgepeitscht hat.«

»Du hast SM praktiziert?«, fragt er unglaubwürdig und ich höre die Überraschung in seiner Stimme.

Ich nicke, zu mehr bin ich nicht in der Lage.

Ganz deutlich spüre ich wieder seinen Körper auf meinem, als er mir leise ins Ohr flüstert: »Du bist so eine Überraschung für mich, Baby, weißt du das?«

KAPITEL 5

Der Morgen graut, als ich erwache. John liegt neben mir, auf dem Bauch, den Kopf auf seinem Arm. Er atmet regelmäßig, also schläft er noch.

Mein Körper schmerzt. Es ist ein wohliger Schmerz; er erinnert mich an eine andere Zeit, die schon fast vergessen ist. Um diese düsteren Gedanken zu verscheuchen, schlüpfe ich leise aus dem Bett, sammele meine Sachen ein und ziehe mein Kleid über den Körper. Verdammt, ich kann meinen Slip nicht finden. Wo ist er nur abgeblieben? Er lag doch gestern noch auf dem Boden.

Ich will nicht zu viele Geräusche verursachen, denn ich habe Angst, dass John erwacht und ich will das Zimmer verlassen, bevor er aufwacht. Ein Zusammentreffen heute Morgen wäre mir doch zu peinlich.

Schon fast aus der Tür fallen mir Unitys Worte wieder ein. Schnell zücke ich mein Handy und schieße ein Foto von John, wie er im Bett liegt, natürlich nur von seinem Rücken, alles andere würde uns verraten. So leise, wie nur möglich, schließe ich hinter mir die Tür, verlasse den Club, durch den ausgewiesenen Hinterausgang und schnappe mir ein Taxi. Ich muss mich beeilen, damit ich pünktlich zur Arbeit komme.

Meine Hand schließt sich um den Stoff und ich ziehe ihr Aroma ein. Der Duft, der mich schon seit Monaten quält, ohne das es mir bewusst ist. Ich stecke den Slip in meine Hosentasche; eine kleine Trophäe. Ich habe gewusst, dass sie weg ist, bevor ich erwachte. Es war meine Absicht, nicht weil ich sie gehen lassen wollte, sondern um ihr den nötigen Freiraum zu geben, den sie braucht, um sich an die Situation zu gewöhnen. Was als einmalige Sache geplant war, bekam nach einer Nacht plötzlich eine ganz neue Dimension. Eine, die ich im Moment nicht überblicken kann und das macht mich nervös. Doch ich muss Alisa unbedingt wiedersehen, nicht im Büro, sondern dann, wenn sie nichts außer ihren unverkennbaren Duft an ihrem wunderbaren Körper trägt, der mich regelrecht high macht.

Frisch geduscht und mit ein wenig Make-up, um meine Müdigkeit zu vertuschen, tauche ich vier Minuten nach acht im Büro auf. Die Mädels kommen alle auf mich zugestürmt, um mir zu gratulieren. Sie haben mir einen kleinen Kuchen besorgt, den ich in der Eile total vergessen habe. Ich habe es gerade mal geschafft, einen Kaffee zu trinken.

Natürlich brennt ihnen eine Frage auf den Lippen. »Wie war es?«, bricht es aus Unity heraus. »Hast du ein Beweisfoto gemacht?«, fragt sie neugierig.

Ich beiße mir auf die Lippen und nicke. Ängstlich geht mein Blick zu Johns Zimmer.

»Mister-Heiß-und-Skrupellos ist noch nicht da, keine Angst«, winkt Pansy ab.

Was für eine Überraschung. Ich atme erleichtert aus.

»Spann uns nicht auf die Folter! Wir wollen wissen, ob es sich gelohnt hat!«

»O, ja das hat es!«, stöhne ich genussvoll auf. Wenn Sie nur wüssten.

»Los, zeig uns das Foto! Wie sah der Typ aus?«

»Toll, er sah wirklich toll aus. Gut gebaut. Wirklich, er hatte einen Wahnsinnskörper. Sehr charmant und einfach ... unglaublich. Überraschend.« O je, wenn mir nur noch ein Adjektiv über die Lippen kommt, muss ich brechen. Ich weiß nicht, wie ich es in Worte fassen soll, was sich gestern abgespielt hat. Nur eines kann ich nicht sagen - die Wahrheit!

»Los, jetzt zeig schon her!« Unity ist total ungeduldig.

Ich werfe einen misstrauischen Blick zur Tür. Es ist noch nie vorgekommen, dass John so spät dran ist. Schnell krame ich mein Handy aus der Tasche, rufe das Bild auf. Ich kontrolliere noch mal, ob auch nichts Verräterisches auf dem Foto zu erkennen ist, dann halte ich es den Mädchen hin.

»Oh mein Gott!«, ruft Pansy laut und ich bekomme schon Angst. »Der sieht ja überirdisch aus. Dieses Tattoo! Was ist das, ich kann es nicht genau erkennen. Das Bild ist so dunkel und verschwommen.«

Ruckartig ziehe ich das Handy wieder weg und lasse es in meiner Hosentasche verschwinden. »Es war so eine Art Löwenkopf«, murmele ich leise.

»Wirklich? Für mich sah es wie ein Engel aus, mit Flügeln.« Ivy schaut mich fragend an.

»Ich habe nicht so genau hingesehen. Ich war mit ganz anderen Dingen beschäftigt«, gebe ich zu und lächele verlegen. »Hey, Mädels. Danke noch mal. Das war wirklich ein irres Geschenk. Ich weiß gar nicht, wie ich euch danken soll.«

»Du solltest eher unserem Chef danken, er hat uns die Kosten erstattet. Ließ sich nicht davon abbringen. Keine Ahnung, was plötzlich in ihn gefahren ist.« Unity hebt die Schultern.

Ach ja?

»Kannst du gleich sofort erledigen. Da kommt er«, flüstert Ivy und die Mädchen eilen zu ihren Schreibtischen. Ich sehe, wie sich die Glastür öffnet und ein aufgeregter Lennox auf mich zu rast.

»Hey, mein Hübscher. Na, hast du mich vermisst?«, frage ich ihn leise und kraule seinen Kopf.

»Alles Gute zum Geburtstag, Croft!« Die Stimme jagt mir wahre Schauer über den Rücken. Ich blicke auf und ein Strauß roter Rosen kommt in mein Blickfeld. John steht vor mir und schaut ernst auf mich hinunter. Nur für eine Sekunde treffen sich unsere Blicke und ich sehe seine strahlend grünen Augen.

»Sind die für mich? Vielen Dank, Mister Fitz-James.« Ich schaffe es nicht, ihn erneut anzusehen.

Er drückt mir den Strauß in die Hand. »Die brauchen Wasser«, knurrt er. Er berührt meine Finger und wie bei einem elektrischen Schlag zuckt meine Hand.

»Darling, ich wünschte, du würdest mir solche Blumen schenken.«

Erst jetzt bemerke ich die Frau, die hinter John das Büro betreten hat.

Ich habe sie noch nie gesehen. Sie trägt ein teures Kostüm, ist perfekt geschminkt und ihre Frisur sitzt. Ich komme mir ziemlich schäbig neben ihr vor, dabei trage ich heute einen meiner besten Hosenanzüge und mein Haar fällt in weichen Locken über meine Schulter.

»Ich werde dann mal die Blumen ins Wasser stellen«, meine ich verstört und laufe in die kleine Küche, die zum Büro gehört.

Mit dem Rücken lehne ich mich an die Tür. Das kann ich jetzt nicht glauben. Hundert Mal habe ich in Gedanken das erstes Zusammentreffen nach unserer gemeinsamen Nacht durchgespielt, doch im Traum hätte ich nicht erwartet, dass er mit einer anderen Tussi hier auftaucht. Angestrengt hole ich Luft. Was ist nur mit mir los? Ich kann doch nicht wirklich glauben, dass ihm unsere Nacht etwas bedeutet hat. Vermutlich hat er schon wieder vergessen, dass er mich heute Abend noch ein Mal sehen wollte. Seufzend stoße ich mich von dem Türblatt ab und suche nach einer Vase. Muss den Kopf über meine eigene Dummheit schütteln.

Die Tür öffnet sich und Unity kommt in den Raum.

»Wow, rote Rosen. Wer hätte gedacht, dass Fitz-James ein Herz besitzt. Erst bezahlt er dein Geburtstagsgeschenk und dann schenkt er dir dreißig dunkelrote Rosen. Du weißt doch wohl, was das zu bedeuten hat!«

Ich schaue den Strauß genauer an, es sind tatsächlich dreißig langstielige Rosen.

»Was soll das schon bedeuten? Er hat Angst, dass ich meinen Job hinschmeiße. Mehr steckt nicht dahinter. Du hast doch selbst gesehen, er hat schon wieder eine neue Eroberung der Woche.«

»Hattest du heute nicht frei?«, will sie wissen.

»Er hat mir den Urlaub gestrichen.«

»Na zum Glück arbeiten wir heute nur einen halben Tag und dann haben wir Wochenende.«

Es klopft an der Tür. Ich zucke entnervt zusammen. Das hier ist alles zu viel für mich.

»Alisa, du sollst zum Chef kommen.«

Auch das noch, ich verdrehe die Augen und schaue Unity an.

»Geh, ich kümmere mich um die Blumen«, schickt sie mich weg.

Ich klopfe an die Tür und trete ein, ohne auf eine Antwort zu warten. Das Bild, welches sich mir zeigt, verdirbt mir endgültig die Laune für den Rest des Tages. Diese Frau sitzt auf Johns Schoß und hat einen Arm um seinen Nacken geschlungen, und schmiegt sich an seine Brust.

»Sie wollten mich sprechen, Sir?«

»Croft! Hatten Sie heute nicht frei?« Er hat die unglaubliche Frechheit, mich das zu fragen.

Ich schnaufe wütend und muss bis drei Zählen, um ihm nicht meinen ganzen Zorn, ins Gesicht zu schleudern. Ich blicke ihm aufrecht in die Augen, versuche mir, nicht das geringste Anmerken zu lassen.

»Sie haben mir doch selbst den Urlaub gestrichen, Sir.«

»Ah, stimmt. Nun gut, gehen Sie nach Hause und feiern Sie Ihren Geburtstag.« Seine Hand wandert zu der Hüfte seiner Gespielin und streichelt sie offensichtlich.

Ein letzter Blick in seine Augen und ich wende mich ab, ohne mich zu bedanken.

»Ach, Croft. Ich habe hier noch etwas für Sie.«

Auf dem Absatz mache ich kehrt und er hält mir einen Umschlag entgegen. Mit wenigen Schritten bin ich an seinem Schreibtisch, nehme das Kuvert entgegen. »Danke«, murmele ich und schreite erhobenen Hauptes aus dem Raum. Der Blick, den ich ihm abschließend zuwerfe, macht ihm hoffentlich klar, dass er heute Abend nicht auf mich zu warten braucht.

KAPITEL 6

Meinen dreißigsten Geburtstag hatte ich mir anders vorgestellt. Zumindest nicht weinend auf dem Bett. Ich bin sehr enttäuscht und weiß noch nicht einmal warum. Ich habe keinen Anspruch auf John. Es war ein Job, den er erledigt hat. Was bilde ich mir eigentlich ein? Das er etwas für mich empfindet? Was für eine verrückte Idee. Keines seiner Worte war ernst gemeint, das wird mir jetzt klar, leider ein wenig spät. Ich bin so dumm.

Plötzlich kommt mir ein ganz anderer Gedanke. Warum ist John eigentlich für diesen Angus eingesprungen. Woher wusste er, wo die Mädels den Typen für mich gebucht haben? Und, warum konnte er so einfach dafür einspringen. Er muss seine Finger bei dieser Agentur im Spiel haben, anders kann ich es mir nicht erklären. Da fällt mir der Umschlag wieder ein, den er mir in die Hand gedrückt hat. Ich hatte ihn einfach in meine Handtasche gesteckt, als ich das Büro verlassen habe, ohne weiter daran zu denken.

Ich raffe mich vom Bett auf, gehe hinüber ins Wohnzimmer meiner kleinen Zwei-Zimmerwohnung, wo ich meine Tasche abgestellt habe. Der braune Umschlag liegt direkt obenauf. Schnell reiße ich ihn auf und schütte den Inhalt auf dem Couchtisch aus. Er enthält einen Schlüsselkey, sowie eine kleine Karte mit den Worten: *Ich kann es kaum erwarten. Wir sehen uns um 21 Uhr! John*

Das glaube ich jetzt nicht! Er hat die Frechheit, mir diesen Umschlag in die Hand zu drücken, während die Favoritin der Woche auf seinem Schoß sitzt. Wofür hält er mich?

Wütend springe ich auf. Diese Scheinheiligkeit ist mir zutiefst zu wider.

So ein Scheißkerl!

Ohne lange nachzudenken, schlüpfe ich in Jeans und T-Shirt, doch dann überlege ich es mir anders. Ich werde ihm zeigen, was er alles verpasst. Ich wähle eine enge Hose im Marlene Stil mit weitem

Schlag, und einen passenden bauchfreien Rollkragenpullover mit kurzen Ärmeln. Die Kombination ist in einem Aubergineton gehalten. Das Augen-Make-up fällt dramatisch aus. Smokey Eyes und einen dunkelroten Lippenstift. Dazu trage ich schwarze High Heels und Clutch. Darin verstaue ich die Karte, schnappe meinen Schlüssel und fahre zum *My Mind*. Ich dränge mich an den wartenden Menschen vorbei und zeige die Schlüsselkarte vor. Sofort lässt man mich durch und ein Angestellter begleitet mich zu den Räumen. Er kann kaum seine Augen von mir lassen, lächelt mich ununterbrochen an. Doch meine Wut ist noch lange nicht verraucht und dieser Typ hat leider keine Chance.

Ein, zwei Sekunden stehe ich allein vor der Tür. Es ist mittlerweile halb zehn und ich bin zu spät. Sollte ich nicht lieber wieder gehen? Doch dann schiebe ich entschlossen die Karte in den Slot.

John sitzt in dem Sessel und blickt mich herausfordernd an. Als ich die Tür hinter mir schließe, erhebt er sich und kommt einen Schritt auf mich zu, doch ich halte ihn mit der Hand auf.

»Warten Sie. Ich bin aus einem anderen Grund hier«, erkläre ich schnell. »Ich werde mich nicht mehr mit Ihnen treffen. Es war ein Fehler mich überhaupt darauf einzulassen.«

Er bleibt stehen, blickt mich verwundert an. »Warum?«, fragt er und zieht eine Augenbraue in die Höhe.

»Warum?«, wiederhole ich seine Frage fassungslos. »Ich kann es nicht glauben. Es tut mir leid, aber ich gehöre nicht zu den Frauen, die sich wahllos in eine Affäre mit einem Mann stürzt, der mehrere Eisen im Feuer hat. Mein Fehler, wenn ich den Eindruck gemacht habe. Ich würde sagen, wir vergessen einfach, was gestern geschehen ist und gehen unsere Wege.«

»Und dennoch bist du hierhergekommen. In diesem Aufzug. Wie könnte ich je vergessen, was zwischen uns passiert ist, Alisa? Und du kannst es auch nicht.«

Das dachte ich mir. Er würde es nicht verstehen. Ich wäre nicht Alisa, wenn ich mir der Konsequenz nicht im Klaren wäre. »Dann werden Sie meine Kündigung am Montag erhalten.« Dieser Satz bricht mir das Herz, doch es ist die logische Schlussfolgerung. Für nichts auf der Welt will ich meinen Job aufgeben, doch weiter mit ihm zusammenarbeiten ist für mich nicht möglich.

»Alisa, das ist doch nicht das, was du wirklich willst.«

»Mister Fitz-James, Sie verstehen es nicht ...«

»John, für dich bin ich nur noch John. Nichts anderes werde ich dir mehr erlauben.« Sein Ton ist gebieterisch und ich kenne diese Art, die er anschlägt. Doch ich bin ihm mich hörig.

Ich nicke. »Gut, wenn du es so willst, John. Aber du vergisst eines: ich gehöre dir nicht. Und werde es auch nie, denn ich teile meinen Dom nicht. Mit niemandem. Denn darauf bist du doch aus, nicht wahr? Seit du erkannt hast, was ich bin, hast du Blut geleckt, wie ein Hai die Witterung aufgenommen. Doch dieses Leben ist schon lange für mich vorbei. Ich wünsche Dir noch einen schönen Abend. Deine Eroberung der Woche wird sich sicherlich freuen, wenn du nach ihr verlangst.«

Ich mache auf dem Absatz kehrt und verlasse den Club durch den Hinterausgang. Ich renne, als wäre der Teufel hinter mir her, und ich glaube, noch Johns Rufe zu hören, doch ich kann mich auch täuschen, denn die wummernden Bässe übertönen alles.

***

Vielleicht hätte ich einen anderen Club besuchen sollen, doch ich fahre nach Hause. Der ganze Aufwand für nichts. Ich fahre an einigen Pubs vorbei, es wäre ein leichtes anzuhalten und etwas zu trinken, doch dann siegt die Vernunft. Ich werde mich nicht betrinken, das war noch nie mein Ding, also fahre ich nach Hause. Bevor ich mich abschminken und in meinen Pyjama schmeißen kann, läutet es an der Tür. Es kann nur einer meiner Freundinnen sein, doch ich habe keine Lust heute Abend noch auszugehen. Ich möchte nur noch in mein Bett und schlafen, damit ich für den Moment alles vergesse.

Das Klingeln hört nicht auf und ich höre ein Kratzen an der Tür.

Neugierig geworden gehe ich zur Tür und öffne. Kaum, dass die Tür einen Spalt geöffnet ist, steckt Lennox seinen Kopf in die Wohnung und zwängt sich durch die Öffnung.

»Hey, Lennox! Wo kommst du denn her?«, frage ich überrascht und sehe ihm dabei zu, wie er es sich auf dem Kissen gemütlich macht, das ich für ihn besorgt habe.

Ein Räuspern lässt mich herumfahren.

»Er hat die ganze Zeit gewinselt, ich glaube, er wollte zu dir.«

»John«, murmele ich leise. Wo hat er nur so schnell den Hund her?

»War Lennox im Club?«, frage ich aufgebracht.

»Nein, er hat im Auto gewartet.«

»Was? Du hast ihn im Auto eingesperrt? Hätte er etwa da die ganze Nacht warten sollen?« Ich bin außer mir.

»Dürfte ich reinkommen und es dir erklären?«

Am liebsten würde ich ihm die Tür vor der Nase zu knallen, doch dann öffne ich sie weiter, um ihn hereinzulassen.

»Wenn du nur vorbeigekommen bist, um Lenny bei mir abzuliefern, damit du deinen Abend mit irgendeiner Tussi verbringst, kannst du ihn gleich wieder einpacken und gehen.«

»Jetzt lass mich doch auch mal zu Worte kommen«, meint John und zieht sein Jackett aus. Er krempelt die Ärmel seines Hemdes auf und ich starre auf die starken Unterarme, mit den feinen Härchen, über die ich gestern Nacht so gerne gestreichelt habe. Ich muss meine Augen zwingen, sich abzuwenden.

»Bitte, ich höre.« Mit verschränkten Armen folge ich ihm ins Wohnzimmer, wo Lennox sich genüsslich auf dem Kissen rekelt und gähnt.

»Carol ist meine Schwester.«

»Wer?«

»Die Frau, die mich heute ins Büro begleitet hat. Es war Carol, meine Schwester.«

»Wie bitte?« Ich fasse es nicht.

»Ist dir mal in den Sinn gekommen, dass ich mir sicher sein muss?«, fragt er mich und lässt sich auf meinem breiten Sofa nieder.

»Sicher? Wo bei?« Ich verstehe ihn nicht.

»Sicher mit dir.« Er springt wieder auf. »Ich wollte deine Reaktion sehen. Wie du darauf reagierst, wenn ich mit einer anderen Frau auftauche, während wir miteinander schlafen. Ich wollte, dass du eifersüchtig reagierst, denn nur so kann ich mir deiner sicher sein.«

Er breitet seine Arme aus, als wolle er die ganze Welt darin einschließen.

»Du hast mich mit Absicht eifersüchtig gemacht? Mit deiner Schwester?« Fassungslos schaue ich ihn an. »Wir schlafen doch gar nicht miteinander«, rufe ich aufgebracht.

»Nein, wir ficken miteinander, wo ist da der Unterschied? Seit drei Jahren, die du für mich arbeitest, machst du mich wahnsinnig, aber ich habe keine Ahnung, wie ich auf dich wirke. Ich muss mir sicher sein, dass du mich willst, nicht nur, weil ich für Angus eingesprungen bin.«

»Bist du etwa unsicher? Mister Sex auf zwei Beinen hat Zweifel?« Etwas, das ich mir wahrhaftig nicht vorstellen kann.

Er kommt langsam auf mich zu und ich sehe, dass Lennox sich erhebt. Mit einem Fingerzeig bringe ich ihn dazu, sich wieder hinzulegen.

John lächelte mich zärtlich an. »Alisa, wir haben drei Jahre Vorspiel hinter uns. Findest du nicht, dass wir an einem Punkt angekommen sind, um uns zu entscheiden?«

Er spricht in Rätseln, ich wollte, ich könnte verstehen, was er meint, doch seine Worte sind mir ein Mysterium.

»Was entscheiden?«

Er fährt sich durch sein Haar. »Was hältst du von einer exklusiven Beziehung?«

»Exklusiv?«

»Man könnte es auch monogam nennen. So lange wir miteinander vögeln, wird es für mich keine andere geben, und für dich keinen anderen Mann.«

Als wenn ich so eine große Auswahl hätte. »Das ist es, was du von mir willst? Mich vögeln? Mehr wird also nicht drin sein.« Ich nicke, weil ich es endlich verstanden habe.

»Wir sollten nichts überstürzen, findest du nicht auch?«

»Mach mir keine Hoffnungen, wo keine sind.« Ich wende mich ab, doch John hält mich fest.

»Du weißt, wie es zwischen uns ist und dass wir hervorragend zusammenpassen. Warum lässt du es nicht zu?« Er blickt mir in die Augen und mein Widerstand erlahmt. Er siecht dahin, als hätte ihn die Schwindsucht ergriffen.

»Weil ich Angst habe«, flüstere ich. »Angst, was danach kommt, wenn das mit uns vorbei ist ...«

»Warum denkst du an das Ende, wenn es noch nicht einmal begonnen hat?«

»Weil ich Männer wie dich kenne. Eure Aufmerksamkeit entspricht dem Leben einer Eintagsfliege. Ihr flattert herum, wie ein Schmetterling im Frühling, immer auf der Suche nach der nächsten Blume. Ich habe so etwas hinter mir, das will ich nicht noch einmal erleben.«

John umschließt mein Gesicht mit seinen Händen und blickt mich besorgt an. »Ich weiß so wenig von dir.«

»Es gibt nicht viel in meinem Leben, außer ...« Ich verstumme.

»Außer?«

»Meiner Arbeit.«

Sein Mund verzieht sich zu einem Lächeln. »Erzähl mir etwas von deiner Arbeit«, murmelt er.

»Die Arbeit macht mir sehr viel Spaß, nur mein Chef treibt mich regelrecht in den Wahnsinn.«

»Wieso? Was ist mit ihm?«

»Er ist so widerlich selbstverliebt, ein Tyrann, und seine Ignoranz ist wirklich abstoßend. Wenn da nicht ...«

»Ja?«

»Wenn da nicht seine unwiderstehlichen grünen Augen wären und diese kleinen Fältchen, die sich bilden, wenn er lächelt. Nur lächelt er leider viel zu wenig. Und sein sexy Körper, der einen schwindelig macht, wenn er sich nur in deiner Nähe aufhält. Dann sind da noch seine zärtlichen Hände, die einen elektrisieren, sobald sie einen berühren. Nur leider berührt er mich so selten.« Ich seufze leise.

»Ist das so? Vielleicht kann man ihm ja irgendwie helfen, damit er öfter einen Grund hat zu lächeln oder dich zu berühren.«

»Ein Versuch ist es Wert.«

John beugt sich herunter und küsst mich. Ein kleiner Kuss, der nur kurz meine Lippen berührt, dann schaut er mir in die Augen und lächelt. »Das war schon mal ein ganz guter Anfang.« Sein Blick geht zum Tisch, wo seine Rosen stehen. »Du hast immer noch Geburtstag und ich habe hier etwas besonderes für dich.«

KAPITEL 7

Nur zögerlich löse ich die rote Schleife, die um die flache quadratische Schachtel gebunden ist. Eine schwarze edle Verpackung. Ich öffne sie und schaue in die mit rotem Samt ausgeschlagene Box. Sie enthält ein violettes Halsband, besetzt mit Strasssteinen. In der Mitte des Lederhalsbandes gibt es einen Ring. Es ist eine Halsfessel. Sie sieht sehr edel und teuer aus. Ich berühre sie mit den Fingerspitzen, fahre den Rand entlang, bleibe an dem großen Ring hängen.

»Gefällt es dir?« Johns Stimme ist belegt und ich höre Unsicherheit darin. Solch ein Geschenk erhält man normalerweise, wenn man eine Sub ist, wenn man einverstanden ist, sich dem Dom zu unterwerfen. Ich weiß nicht, was ich davon halten soll, denn wir haben eine Nacht miteinander verbracht, in der es ganz normalen Sex zwischen uns gab.

»Es ist sehr schön. Es ist wunderschön«, meine ich und nehme das Halsband aus dem Karton. »Ich würde es mir gerne anlegen lassen, doch ich weiß nicht, was du genau von mir erwartest. Wir haben nie darüber gesprochen.«

»Müssen wir darüber sprechen? Ich dachte, wir können es zusammen herausfinden. Was dir gefällt und was ich von dir erwarte. Darf ich?«

John nimmt mir das Lederband aus der Hand, damit er es mir um den Hals legen kann. Ich will meinen Rollkragenpullover über den Kopf ziehen, da hält er mich auf.

»Warte!« Er schaut zu Lennox, der uns aufmerksam beobachtet. »Pack ein paar Sachen ein und komm mit mir«, fordert er mich auf und ich weiß, dass ich ihm vertrauen muss.

Ich nicke und eine halbe Stunde später hat er mich und Lennox in seinen Wagen verfrachtet. Ich weiß nicht wohin es geht, nur werde ich Lenny die Nacht über nicht im Wagen zurücklassen.

Zuerst denke ich, dass er den Weg zurück in den Club einschlägt, doch er biegt an der Kreuzung ab und fährt Richtung Mayfair. Wir parken auf der New Bond Street. John hilft mir auszusteigen und wir sind umgeben von teuren Uhrengeschäften. Ich helfe Lennox aus dem Auto, der mich mit seinen hellblauen Augen freudig anblickt. Das hat er auch noch nie erlebt, dass ich ihn aus Herrchens Wagen befreie.

»Wohin wollen wir?«

»Wir gehen zu mir«, erklärt John knapp. Ich wusste gar nicht, dass er eine Wohnung in Mayfair hat, im Grunde genommen, habe ich überhaupt nicht gewusst, wo er wohnt.

Seine Wohnung liegt im ersten Stock über eines der Ladenlokale, direkt gegenüber von Sotherby's.

»Schau dich um, ich versorge schnell Lennox.«

Die Wohnung ist riesig. Mindestens hundertfünfzig Quadratmeter. Eine tolle offene Küche, die ins Esszimmer übergeht. Das Wohnzimmer hat halbrunde Fenster, welche auf die New Bond Street hinausgehen. Alle Böden sind mit Schiffsparkett ausgelegt. Der Flur ist schmal geschnitten und es gibt ein tolles Bad mit Terrakottafliesen. Mein Gott, in diese Wohnung passt meine viermal hinein. Weiter traue ich mich aber nicht vor, denn eigentlich geht es mich nichts an. Ich habe keine Ahnung, warum er mich hierher bringt und warum ich eine Tasche packen musste.

»Lennox sieht irgendwie glücklich aus. Ich glaube, er ist gerne mit dir zusammen.« John kommt in das Wohnzimmer, wo ich am Fenster auf ihn warte.

»Wir mögen uns sehr. Er ist so ein lieber Kerl«, bestätige ich.

»Anders als sein Herrchen?«

Seine Stimme, so nah an meinem Ohr, lässt mich zittern.

»Das wird sich noch herausstellen«, meine ich und blicke über meine Schulter.

»Möchtest du etwas trinken?«

»Ein Wasser wäre toll.«

»Was hältst du von einem guten Glas Wein?«

Ich nicke und folge John in die Küche. Er nimmt eine der Flaschen aus dem schwarzen Holzregal an der Wand und öffnet sie geschickt.

»Das kannst du sehr gut.«

»Ich war mal Barkeeper, vor sehr langer Zeit.« Er reicht mir ein Glas und wir trinken schweigend einen Schluck.

»Deine Wohnung ist sehr beeindruckend«, versuche ich, ein Gespräch zu beginnen, doch John erwidert nichts, sondern schaut mich nur verlangend an. Ohne etwas zu sagen, nimmt er meine Hand und zieht mich den Flur entlang.

»Wo ist Lennox?«, frage ich verwirrt.

»Er hat seinen Platz im Arbeitszimmer.«

Okay, zum Glück wird er nicht im Schlafzimmer schlafen.

John zieht mich in den Raum, der in den Hinterhof hinausgeht. Die Sonne geht unter, mit den letzten Strahlen die durch die bodenlangen Fenster hereinbrechen, sehe ich im Raum ein ultragroßes Bett. Der Kopf besteht aus dunkelblauen Velours mit silberfarbenen Knöpfen und Verzierungen. Schneeweiße Bettwäsche und graue Kissen zieren es. Der dunkelgraue Teppich dämpft unsere Schritte. John zieht die durchsichtigen grauen Vorhänge zu. Außer dem Bett, gibt es nur zwei weitere Türen, und ein kleiner Nachttisch auf der rechten Seite des Betts. An der Wand hängt ein sehr großer Fernseher, ansonsten ist der Raum leer. Es sieht nicht danach aus, dass John hier sehr viel Zeit verbringt.

Neben dem Bett sehe ich meine kleine Reisetasche stehen, die ich gepackt habe. Ich bücke mich und hole das Halsband aus der Box, reiche es John.

»Legst du es mir an?«, frage ich und ziehe meinen Pullover aus, öffne meine Hose und steige aus den Schuhen. Als John mich weiterhin anstarrt, löse ich den Verschluss meines BHs und ziehe auch den String aus. Nackt stehe ich vor ihm und blicke zu Boden.

»Schau mich an.« Seine Stimme ist fest, aber ich höre das leichte Zittern darin. Er ist erregt und das freut mich. Ich lasse ihn nicht kalt und das lässt mich feucht werden. Ich hebe den Kopf und blicke ihn unterwürfig an.

John macht einen Schritt auf mich zu und ich drehe mich um, damit er mir das Halsband anlegen kann. Es ist so fein gearbeitet, dass es eher wie ein Schmuckstück aussieht. John zieht es nicht zu fest zu, sondern es sitzt einfach perfekt.

»Es ist wie für dich gemacht. Du siehst wunderschön damit aus.« Er atmet hart aus und dreht mich an den Schultern wieder zu sich. »Gott, du bist atemberaubend«, stöhnt er und ich sehe die Erektion in seiner Hose. Ich würde ihn so gerne berühren, doch ich muss warten, bis ich die Erlaubnis erhalte.

»Gibt es ein Safeword, das du benutzt?«

Ich schüttele den Kopf.

»Such dir eines aus. Wir werden nichts absprechen, ich möchte, dass wir auf spielerische Weise unsere Grenzen erfahren. Aber dafür ist ein Safeword notwendig. So etwas«, er umschließt mich und fährt meinen Rücken entlang, tastet nach den kleinen Narben, von denen er weiß, »wird nie wieder geschehen, solange wir zusammen sind.«

»Shakespeare«, meine ich leise und lächele ihn an.

Spontan erwidert er mein Lächeln und nickt. »Gut, also Shakespeare.«

»Du wirst dieses Halsband erst wieder abnehmen, wenn ich es dir sage. Hast du verstanden?«

Ich nicke und schaue wieder zu Boden.

»Du darfst mich ansehen. Ich liebe es, wenn du mich anschaust, Alisa.« Er hebt mein Gesicht an, indem er einen Finger unter mein Kinn legt und küsst mich. Es ist ein kleiner Kuss, und ich liebe es, seine Lippen auf meinen zu spüren.

»Du darfst auch Fragen stellen und sprechen. Außer, ich verbiete es dir ausdrücklich.«

»Wie soll ich dich ansprechen?« Es ist die erste Frage, die mir in den Sinn kommt.

»Wie hast du ihn angesprochen?«

Ich weiß, von wem er spricht. »Master oder mein Herr.«

»Ich will, dass du mich John nennst. Einfach nur John.«

»Jawohl, mein Dom.«

»Gott, ich will dich nur noch ficken, du bringst mich um. Wie konnte ich dich all die Jahre nur übersehen. Leg dich mit dem Rücken auf das Bett und schaue mich an.«

Ich komme seinen Anweisungen nach. Das Laken duftet nach Johns Haut und ich ziehe den Duft ein. Es ist wie eine Droge, die mich süchtig nach ihm macht.

John beginnt sich, ohne Eile auszuziehen, und ich sehe ihm dabei zu. Ich habe die Beine angewinkelt und presse die Knie zusammen, weil das Pochen in meiner Körpermitte unerträglich wird. Am liebsten würde ich mich selbst berühren, doch ich weiß, dass ich das nicht darf. Keine Sub darf es sich selbst machen, wenn der Master es nicht anordnet. Ich seufze leise, doch er hört es, hält in der Bewegung inne, als er gerade seine Unterhose abstreifen will.

»Du kannst es nicht mehr abwarten. Habe ich recht?«

Ich beiße mir auf die Lippen, dann nicke ich.

»Ich will es aus deinem Mund hören.«

»Ich kann es nicht mehr abwarten, bis du mich endlich fickst«, stöhne ich und lecke über meine Unterlippe.

»O Gott! Du siehst wundervoll in meinem Bett

aus.« Er geht hinüber zu einer der Türen, nachdem er endlich nackt ist, und öffnet sie. Es ist ein begehbarer Kleiderschrank. Kurz darauf kommt er mit einem Seil zurück. Es ist dunkelviolett, passend zu dem Halsband.

»Wir fangen ganz langsam an«, murmelt er und nimmt meine Hände, legt sie mir über den Kopf und bindet sie zusammen. Erst jetzt sehe ich, dass an der Wand kleine Ösen angebracht sind. Dort befestigt er die Kordel, sodass ich kaum Bewegungsfreiheit mit den Armen habe.

Er kniet über meinen Hüften. Sein Schaft ist voll erigiert.

»Vertraust du mir?«, fragt er und schaut mich bittend an.

»Ja«, nicke ich.

»Können wir auf den störenden Schutz verzichten?«

»Ja, ich bin sauber und verhüte.«

Dass ich einmal so ein Gespräch mit Mister-Heiß-und-Skrupellos führen würde, habe ich mir selbst in meinen kühnsten Träumen nicht vorstellen können.

Er beugt sich herunter, leckt über meine Nippel, die hart sind und sich ihm willig entgegenstrecken. Er beißt spielerisch hinein und ich schreie kurz auf.

Gleichzeitig drücke ich meinen Rücken durch, recke mich ihm entgegen, weil ich mehr davon will.

»Hmmh, du schmeckst einfach köstlich«, knurrt John und rutscht tiefer.

Sein Bartschatten kratzt über meine Scham und das Gefühl ist so berauschend, das ich nur noch wimmern kann. Ich spüre seine Zunge, die meine Haut berührt, sich immer weiter vorarbeitet, bis er meine Klit erreicht. Ich winkele ein Bein an, um ihm mehr Platz zu verschaffen. Himmel, ich möchte laut schreien, es ist so unglaublich. Mein Körper pulsiert im Takt seiner rauen Zungenschläge. Ich winde mich, dabei hat er gerade erst einmal angefangen und ich bin schon am Ende. Meine Nerven sind zum Zerreißen gespannt.

»Du bist so nass und schmeckst so verführerisch, ich könnte nicht aufhören, selbst wenn ich müsste«, keucht er und sein Atem streicht kühl über meine Schamlippen.

»Hör bloß nicht auf«, rufe ich hektisch. Das ist so verdammt gut, dass ich für einen weiteren Zungenschlag sterben würde.

Er teilt mit seinen Fingern meine Scham und leckt über meine Perle, nimmt sie dann in den Mund, saugt daran.

»O shit!« Das ist mehr, als ich ertragen kann.

»Schsch«, beruhigt er mich und lässt von mir ab, aber nur, um gleich wieder mit seinem Schaft in mich einzudringen.

»Es tut mir leid, ich halte es nicht länger aus. Dein Verlangen macht mich so geil.«

Mit harten Stößen dringt er in mir vor, immer tiefer, immer fester und ich heiße ihn Willkommen. Meine Beine beginnen zu zittern, ich bekomme es einfach nicht unter Kontrolle, die Empfindungen schwappen wie eine Welle über mich hinweg. Kehlige Laute entrinnen meinem Mund, ich erkenne mich selbst nicht wieder.

John stöhnt laut auf, massiert mit dem Daumen meine Klit, doch als ich spüre wie nah er daran ist zu kommen, legt er beide Hände auf meine Hüften, gibt mir Halt und bereitet mich auf den Höhepunkt vor.

»John, fester, jetzt!«, schreie ich laut, verliere völlig die Kontrolle.

Mit einem schrillen unkontrollierten Laut, ergießt er sich in mir und ich spüre das warme Sperma meinen Körper fluten. »Jaaaa!«, bricht es aus mir heraus. Ich zucke, als würden Stromstöße durch meinen Körper gleiten.

Ein animalisches Knurren kommt aus Johns Brust, und er pumpt ein letztes Mal in mich hinein, dann bricht er über mir zusammen. Sein Gewicht auf meinem Körper ist der Himmel auf Erden für mich. Ich wünsche, dieser Moment würde nie wieder vergehen.

»Gott, Corft! Du machst einen willenlosen Irren aus mir!«, raunt er mir ins Ohr und lacht leise.

Ich wünschte, ich könnte die Arme um ihn schließen, doch meine Hände sind immer noch mit dem Seil gefesselt.

KAPITEL 8

Ich kann mich nicht erinnern, wann ich das letzte Mal so schnell gekommen bin. Der Orgasmus ist wie ein Tornado über mich hinweggerauscht und hat mich mitgerissen. Es gab kein Halten, keine Sicherheit für mich. Vollkommen nackt und allein, lasse ich mich treiben, in einem Meer von Empfindungen, die ich schon lange nicht mehr gefühlt habe. Alisa ist eine Offenbarung. Meine Gefühle, die ich sorgfältig vergraben habe, in einer geheimen Kammer meines Herzens, rühren sich. Nun schwimmen sie auf der Oberfläche einer rauen See und keine Rettung ist in Sicht. Ich brauche einen Halt, um nicht unterzugehen, und strecke die Hand aus - das Einzige, was sie zu

Greifen bekommt, ist eine andere Hand, die sich mir entgegengestreckt. Ich tauche aus den Fluten und blicke in Alisas Gesicht, das mich liebevoll anlächelt.

Ich höre ein Kratzen an der Tür und plötzlich wird die Schlafzimmertür aufgestoßen. Erschrocken fahre auf und ein vierzig Kilo Hund springt in das Bett, leckt mein Gesicht.

»Lennox!« Johns autoritäre Stimme schallt durch den Raum, doch Lenny denkt gar nicht daran, auf seinen Herren zu hören.

»Aus, Lennox!«, meine ich streng und schubse ihn vom Bett. Er macht brav neben dem Bett Platz.

»Dieser Hund hört besser auf dich, als auf mich«, meint John ein wenig neidisch und zieht seine Unterhose an.

»Er ist auch ja auch mehr bei mir, als bei dir«, gebe ich zu bedenken.

John wirft mir ein verschmitztes Lächeln zu. »Du hast ihn verhext, damit er sich in dich verliebt. Gibt es zu.«

Ich erhebe mich ebenfalls und ziehe sein Hemd über meinen Körper. John hat vor Stunden meine

Fesseln gelöst, aber das Halsband trage ich immer noch. »Vielleicht«, meine ich keck und bringe Lennox hinaus. »Wo ist das Arbeitszimmer?«, frage ich im Hinausgeben.

»Auf der gegenüberliegenden Seite. Ich glaube, er muss noch mal raus. Ich gehe schnell mit ihm.«

John trägt ein verwaschenes Shirt und eine Jogginghose. Noch nie habe ich ihn in diesen Sachen gesehen, immer nur im Anzug und ich weiß nicht, welcher John mir besser gefällt.

»Hast du Hunger?«, frage ich ihn und gehe in die Küche.

»Wie ein Bär!«, ruft er mir zu, dann höre ich die Wohnungstür ins Schloss fallen.

Mal schauen, was der Kühlschrank so hergibt. Nicht viel, wie ich feststellen muss. Was isst dieser Mann? Okay, ich finde zumindest ein paar Eier, Speck und einige Kartoffeln mit Zwiebeln. Also zaubere ich eine Bratkartoffelpfanne. Nicht sehr innovativ, aber lecker. Als die Tür sich öffnet, kommt Lennox direkt auf mich zu gerannt und begrüßt mich.

»Hey, Kleiner! Ich freue mich auch, dich zu sehen.«

John setzt sich an die Theke und schaut mir zu,

wie ich in der Küche handwerkle. Lennox beginnt von seinem Wasser zu trinken.

»Warum hast du einen Hund, wenn du keine Zeit für ihn hast?«, frage ich John.

Er schenkt sich von dem Wein ein, dessen Flasche er vorhin geöffnet hat. »Ich dachte, er wäre eine gute Idee. Vielleicht wollte ich nicht länger allein sein.«

Ich schaue ihn überrascht an. »Aber du bist doch nie allein. Du hast doch ständig Frauen ...« Ich bringe den Satz nicht zu Ende. Ich möchte ihn nicht daran erinnern, dass er immerzu von irgendwelchen Frauen begleitet wurde.

»Glaubst du, das waren Frauen, die sich um einen Hund kümmern?«, fragt er grinsend.

»Nein, das bin dann wohl eher ich.« Es rutscht mir so raus und ich schaue ihn entschuldigend an. Es ist besser, wenn ich mich auf die Kartoffeln konzentriere, damit sie nicht anbrennen.

Wir essen im Bett und schauen fern. Der große Fernseher an der Wand ist mir vorher gar nicht aufgefallen.

»Hm, das schmeckt sehr gut«, lobt John und verputzt sein Essen in Rekordzeit.

Mir gehen seine Worte nicht aus dem Kopf, warum er sich Lennox zugelegt hat.

Mein Handy klingelt, und ich krame es aus der Handtasche. Unity. Ich schaue mich kurz zu John um, der scheint aber von den Mitternachtsnachrichten gefesselt zu sein. Ich husche aus dem Zimmer und nehme den Anruf an.

»Hi Unity.«

»Schatz! Wo bist du? Wir waren bei dir zu Hause, doch du bist nicht da.«

»Ähm, ich bin unterwegs.«

»Mit wem?«, fragt sie überrascht. Unity weiß, dass ich keine anderen Freunde, außer meinen Arbeitskolleginnen habe. Ich zögere eine Sekunde zu lange.

»Du bist bei ihm, oder?«

Mir stockt der Atem.

»Bei wem?«, frage ich leise nach.

»Na bei dem Typen, den wir für dich gebucht haben. Gib es zu, ich weiß alles.« Sie lacht laut auf. »Oh, ich finde das so cool. Du hast den Typen so umgehauen, dass er dich wiedersehen wollte. Habe ich recht?«

Gott, sie weiß nicht, wie nah sie an der Wahrheit ist. Doch den ganzen Sachverhalt darf sie niemals erfahren, sie würde es nicht verstehen, nachdem ich mir fast täglich mit John Kämpfe bis aufs Blut geliefert habe.

»Ja, wir haben uns noch mal getroffen. Mehr kann ich jetzt nicht sagen, ich muss wieder auflegen, wir sehen uns morgen. Okay Unity?«, flüstere ich so leise wie möglich.

»Klar, Baby! Ich bin ja so was von neidisch.« Sie lacht und beendet das Gespräch.

Als ich ins Schlafzimmer zurückkehre, steht John am Fenster und schaut in die Nacht hinaus.

»Wartet er auf dich?« Seine emotionslose Stimme schneidet mir ins Herz.

»Nein, es wartet niemand auf mich. Wie kommst du darauf.«

»Warum flüsterst du dann? Du kannst mir ruhig sagen, wenn du verabredet warst.«

»Ich war heute nur mit einem Mann verabredet. Und zwar mit dir.«

Er dreht sich zu mir um und sein Blick scheint mich zu durchbohren.

»Aber du hast mit einem Mann telefoniert.«

»Nein«, bricht es aus mir heraus. »Wie kommst du nur darauf.«

»Ich sehe es in deinem Gesicht. Du lügst mich an.«

»Verdammt, John! Ich lüge nicht. Warum sollte ich? Es war Unity, aus dem Büro. Soll ich ihr vielleicht sagen, dass ich bei dir bin?« Ich schreie ihn an und rufe die Anruferliste meines Handys auf. »Hier, falls du mir nicht glaubst. Es war Unity, die sich Sorgen um mich gemacht hat, weil ich nicht zu Hause war. Verdammt noch mal!« Ich werfe ihm das Gerät zu und verlasse wütend den Raum. So ein Blödmann! Was ist nur in ihn gefahren?

Am liebsten würde ich meine Sachen zusammenpacken und abhauen, aber meine Tasche steht noch im Schlafzimmer. Also gehe ich in die Küche und räume sie auf. Ich schrubbe die Arbeitsplatte, bis ich Johns Hände auf meinen spüren.

»Es tut mir leid«, murmelt er mir ins Ohr, drängt seinen Körper an meinem. »Ich bin nicht gut in so was.«

»Wobei?«, will ich wissen, ohne ihn anzusehen.

»Anderen zu vertrauen. Ich bin ein Einzelgänger. Das war ich schon immer. Ich habe mit Frauen gefickt und sie dann nicht mehr wiedergesehen. Nie hat hier jemand übernachtet, weil ich ihnen nicht vertraut habe. Und dann kommst du und stellst mein ganzes Leben auf den Kopf.«

»Aber ich war doch immer da«, erkläre ich leise.

»Ja, und ich habe dich nicht gesehen. Verzeih mir.«

Er dreht mich ruckartig um und küsst mich. Nicht leicht und zart, sondern wild, besitzergreifend. Seine Arme pressen mich hart an seinen Körper. Er ist nackt und zerrt mir sein Hemd von den Schultern. Ohne seine Lippen von meinem Mund zu nehmen, reißt er das Hemd auf, dass die Knöpfe in alle Richtung springen und der Stoff von mir abfällt. Wie von Sinnen, presst er seine Lippen auf meinen Mund, schiebt mir seine Zunge in den Mund und stöhnt laut auf. Er hebt mich hoch und ich schlinge meine nackten Beine um seine Hüften. Augenblicklich dringt er in mich ein, vögelt mich im Stehen. Wir torkeln gegen die Wand, die uns aufhält. Erbarmungslos hämmert er in mich hinein, und knurrt laut auf.

»Du gehörst mir. Mir allein, hörst du! Sag es!«

»Ja! Ja, ich gehöre nur dir!«, keuche ich laut und kralle mich an seinen Schultern fest. »Fick mich!«, rufe ich laut.

John dreht uns, läuft hinüber ins Wohnzimmer und legt mich über die Sofalehne. »Spreiz deine Beine«, befielt er und ich gehorche.

Sofort ist er wieder in mir, nimmt mich wie sein Eigentum in Besitz. »Du bist mein.« Er zieht an meinem Halsband, reißt meinen Kopf zurück. »Ich werde dich nie wieder gehen lassen, hörst du. Nie wieder. Du wirst für den Rest deines Lebens mir gehören.«

Seine Worte machen mir ein wenig Angst, doch ich stimme ihm zu. Jedes einzelne Wort, lasse ich mir auf der Zunge zergehen. »Ja, ich gehöre dir, schon so lange und du hast es nicht gewusst.«

»Das werde ich mir nie verzeihen«, knurrt er und umschließt meine Brüste mit seinen Händen, knetet sie hart.

Ich schreie laut auf.

»Gefällt dir das?«

»Ja.«

»Willst du mehr?«

»Ja, ja, fick mich fester!«, schreie ich völlig außer Kontrolle, zum zweiten Mal in dieser Nacht.

»Du bekommst alles, was du nur willst, Babe!«

»Ich will nur dich«, flüstere ich so leise, dass niemand es verstehen kann.

KAPITEL 9

Den ganzen Sonntag habe ich mit John im Bett verbracht, erst am Abend bringt er mich nach Hause, doch anstatt mich einfach nur vor meiner Tür abzusetzen, kommt er mit in die Wohnung. Lennox macht es sich direkt auf seinem Kissen bequem, als wäre das hier sein Zuhause. Eigentlich ist es das ja auch, so oft, wie er bei mir übernachtet.

»Kann ich heute Nacht bei dir bleiben?«

Seine Frage überrascht mich. Am Nachmittag hat er mir das Halsband abgenommen und seither habe ich das Gefühl, als würde etwas fehlen.

Statt einer Antwort, lächele ich ihn an und küsse ihn gierig. Ich kann es immer noch nicht fassen, dass dieser sexy Mann mich ausgesucht hat. In seiner Gegenwart fühle ich mich schön und begehrenswert. Ich wünschte, dieses Wochenende würde nie zu Ende gehen. Als ich mich von ihm lösen will, streift er mir die Kleidung ab und trägt mich ins Schlafzimmer.

Er ist geschickt darin, sich in Sekunden auszuziehen, und steckt wenige Augenblicke später bis zur Wurzel in mir. Doch diesmal lässt er sich mehr Zeit, ist ein zärtlicher Liebhaber. Ich weiß nicht, was mir besser gefällt. Der wilde, ungestüme John, der es gar nicht abwarten kann, mich zu nehmen, oder der zärtliche ruhige John, der mir in diesen Augenblicken einen Teil seiner Seele offenbart.

Ich schaue auf den schlafenden Mann neben mir, als ich ein Klopfen an der Wohnungstür höre. So leise, wie möglich, stehe ich auf, ziehe Johns Hemd über, weil es das Erste ist, was ich zu greifen bekomme, schleiche mich aus dem Raum und öffne die Tür.

»Da bist du ja endlich. Ich habe mir wirklich Sorgen gemacht.« Unity kommt in die Wohnung geschneit und ich halte meinen Finger gegen die Lippen. »Psst. Nicht so laut«, zische ich ihr zu.

Sie schaut mich von oben bis unten an, dann schlägt sie die Hände vor den Mund. »Mein Gott, du bist nicht allein? O mein Gott, du trägst sein Hemd!« Sie grinst mich frech an. »Ist er da drin?« Unity zeigt mit dem Finger auf mein Schlafzimmer.

»Ja, bitte sei leise. Er schläft und ich will ihn nicht wecken.«

»Ich gehe sofort wieder.«

Sie zieht mich in ihre Arme, da kommt Lennox um die Ecke.

»Hi, Lennox. Du bist auch hier. Hat dein treuloses Herrchen dich hier wieder abgeladen, um eine Tussi zu ficken?«

»Psst, sei um Himmelswillen leise«, zische ich.

»Lass mich nur einen Blick ins Zimmer werfen, auf diesen Mann, der es geschafft hat, dass du mal den Boden unter den Füßen verlierst.«

»Nein, Unity, das geht doch nicht«, will ich abwehren, doch sie ist schneller, hat schon die Tür zu meinem Schlafzimmer geöffnet. Ich schließe die Augen. Das kann doch nicht wahr sein. Verdammt!

»Meine Güte, ist der süß.« Unity schließt wieder die Tür und dreht sich zu mir um. »Ich habe nicht viel gesehen, nur seinen Rücken und dieses wahnsinnige Tattoo. Ich bin ja so neidisch, Süße. Wir sehen uns morgen.« Sie küsst mich auf die Wange und ist schon wieder verschwunden.

Vollkommen erledigt lasse ich mich mit dem Rücken an der Tür auf den Boden sinken.

»Ist sie weg?«

»John! Hast du mich erschreckt.«

Er steht am Türrahmen gelehnt und schaut auf mich herunter.

»Ja, Unity ist wieder gegangen. Mein Gott, nicht auszudenken, wenn sie dich hier gesehen hätte, in meinem Bett und dazu noch nackt.«

Er kommt auf mich zu und zieht mich in die Höhe, nimmt mich auf den Arm. »Wäre das so schlimm?«, fragt er und lächelt mich vielsagend an.

»Ich weiß nicht, was schlimmer wäre. Dass sie dich erkennt, oder, dass du nackt bist. Ich glaube, Letzteres würde mir noch weniger gefallen.«

»Du gönnst der armen Unity also nicht den Ausblick auf meinen Luxuskörper?«

Ich muss lachen. Doch dann werde ich Ernst. »Ich teile nicht gern. Nein, eigentlich teile ich überhaupt nicht.«

***

Pünktlich sitze ich am Schreibtisch und werde von meinen Freundinnen misstrauisch beäugt. Lennox hat sich in dem Korb unter dem Tisch niedergelassen und schläft friedlich.

»Fitz-James hat Lennox schon wieder bei Alisa abgeladen, dabei hatte sie gestern ein Date. Könnt ihr euch das vorstellen?« Unity kriegt sich gar nicht ein.

»Lass das doch«, meine ich leise und werfe ihr einen bösen Blick zu. Es muss ja nicht jeder immer alles wissen.

»Nimmst du ihn jetzt etwa in Schutz?« Pansy wirft mir einen fragenden Blick zu.

»Nein, natürlich nicht. Aber ich habe Lennox gerne um mich, ich liebe ihn«, gebe ich zu.

»Vermutlich nicht nur ihn«, meint Ivy und mir schießt die Röte ins Gesicht. »Wo bleibt Fitz-James überhaupt? Er ist doch sonst immer so pünktlich, um seine Sklaven zu überwachen.«

Himmel, ich will nur noch hier raus.

Die Glastür öffnet sich und John kommt mit schnellen Schritten ins Büro. Er hat geduscht und sich rasiert und riecht so umwerfend, dass ich mich ihm glatt an den Hals werfen könnte.

»Guten Morgen, die Damen. Croft, in mein Büro. Vergessen Sie die Wochenumsätze nicht. Sofort! Und ich möchte keine Unterbrechungen, auch keine Anrufe. Haben Sie verstanden, meine Damen?«

Ein allgemeines *Ja* ertönt. Ich sammele die Aufstellungen der Umsätze der letzten Wochen zusammen. Es fehlen zwar noch einige Clubs, doch das kann ich jetzt auch nicht ändern. Ich werfe Unity einen schnellen Blick zu und sie verdreht die Augen. Lennox erhebt sich, als ich den Gang entlang laufe, doch mit einem Wink zeige ich ihm an, wieder Platz zu machen.

Ich betrete das Büro, schließe die Tür hinter mir und versichere mich noch mal, ob sie auch wirklich geschlossen ist.

Ohne ein Wort zu sagen, trete ich neben John, der etwas auf seiner Tastatur eingibt. Ich lege ihm die Zahlen der letzten Woche vor. Er wirft einen Blick darauf.

»Zwei der Clubs haben ihre Umsätze noch nicht gefaxt. Darauf warte ich noch.«

Nickend studiert er weiter die Zahlen, dann streckt er die Hand aus, ohne seinen Blick abzuwenden, streichelt meinen Innenschenkel, fährt mir unter den Rock. Ich trage heute einen relativ kurzen Rock und eine weiße Bluse, mit einem breiten Halstuch. Der helle BH zeichnet sich deutlich unter der Bluse ab. Das ist Absicht, weil ich ihn ein bisschen leiden lassen will. Doch je höher seine Hand wandert, um so mehr leide ich.

»Glaubst du wirklich, dass mich heute die Zahlen interessieren?«, fragt er leise und seine raue Stimme zeugt davon, dass er mit den Gedanken ganz woanders ist.

»Wo ist dein Höschen?«, fragt er überrascht und ein feines Lächeln zeigt sich auf meinem Gesicht. »Du willst mich töten, habe ich recht?«, fragt er und erhebt sich. »Beug dich vor.«

Er steht hinter mir. Mit einer schnellen Handbewegung ziehe ich den Schal von meinem Hals, und darunter kommt das Lederhalsband zum Vorschein. Ich höre, wie John überrascht Luft holt.

»Verdammt, Alisa«, knurrt er leise und schiebt mir den Rock bis zu den Hüften hoch. Er streichelt meinen Po, dann schlägt er mit der flachen Hand darauf. Ich keuche auf und habe Angst, dass sich jeden Augenblick die Tür öffnet. Und genau diese Angst, jeden Moment entdeckt werden zu können, turnt uns weiter an.

»Willst du mehr«, fragt er an meinem Ohr und ich nicke stumm.

Ein weiterer Schlag ertönt, dann ein dritter. Plötzlich spüre ich zwei Finger, die er in mich schiebt und ich spreize meine Beine, damit ich einen sicheren Stand habe.

»Ja, so ist gut.« Er drückt sich an mich.

Wir sprechen ganz leise. Seine Berührungen lassen meinen Verstand aussetzen. Mir ist inzwischen egal, ob uns jemand überrascht. Einzig allein seine Finger in mir sind von Bedeutung. Geschickt bringt er mich schnell an die Klippe, die den Namen Orgasmus trägt, doch bevor ich kommen kann, zieht er die Finger heraus und schiebt sie sich in den Mund. »Hmmh, du schmeckst so köstlich«, stöhnt er. Sein warmer Atem streichelt meinen Nacken.

Ich höre, dass er den Gürtel und den Reißverschluss öffnet. Die Spitze seines Penis teilt meine Schamlippen und Sekunden später füllt er mich aus. Er schiebt sich ganz langsam hinein und zieht sich direkt wieder zurück. Dann beginnt das Spiel von Neuem. Bei jedem Stoß rutsche ich auf dem Tisch ein wenig hinauf und ich zerknittere die Blätter, die zwischen Tisch und meinem Oberkörper eingeklemmt sind.

»Du trägst deinen Schmuck und hast keine Ahnung, was du damit anrichtest.«

»Doch, ich spüre es gerade«, wimmere ich und komme seinen Stößen entgegen.

»Was willst du?«, fragt er mich ernst.

»Lass mich kommen«, flüstere ich und meine Stimme kommt mir unglaublich laut vor.

»Noch nicht, meine Schöne.« Er hebt leicht eines meiner Beine an, damit er noch tiefer dringen kann.

»Ja, jetzt!«, presse ich hervor. Ich beiße mir auf die Lippen, bis ich Blut schmecke, aber ich muss mich ablenken, sonst schreie ich meinen Höhepunkt laut heraus.

John kommt und keucht laut auf. Er versucht, ebenfalls leise zu sein, was ihm nicht so richtig gelingen mag.

Er zieht meinen Oberkörper an seine Brust und wir versuchen gemeinsam unsere Atmung unter Kontrolle zu bekommen.

»Das habe ich heute Morgen vermisst«, meint er und küsst meine Kinnlinie.

»Aber wir hatten heute Morgen Sex, wenn du dich erinnerst«, meine ich ein wenig verdutzt.

»Aber nicht lange genug. Ich will mehr von dir.«

»Du hast doch schon alles«, meine ich frei heraus und erst dann wird mir bewusst, was ich gesagt habe.

John zieht ein Taschentuch aus dem Spender, den er in einer Schublade findet und säubert mich.

Dann zieht er meinen Rock über die Hüften, alles ohne mich loszulassen. Er dreht mich in seinem Armen zu sich herum und küsst mich stürmisch. »Ich werde dich nicht mehr hergeben.«

Seine Worte, mögen sie auch noch so leise gesprochen sein, erfüllen mein Herz mit Freude und mein Puls rast durch meine Adern.

Ich binde mir verlegen den Schal um den Hals. »Ich werde mal wieder zu den anderen gehen«, murmele ich scheu, mache mich los, doch John zieht mich in seine Arme zurück, dann küsst er mich erneut. »Ich meine, was ich sage.«

Ohne auf die Mädels zu achten, setzte ich mich an meinen Schreibtisch und beginne mit meiner Arbeit.

»Ist was passiert?«, fragt Ivy leise.

»Nein, warum?« Ich blicke auf und schaue in die erstaunten Gesichter meiner Freundinnen.

»Na, wir haben nichts gehört.« Unity streicht ihr Haar aus dem Gesicht.

Das war ja auch unsere Absicht!, denke ich, doch laut kann ich das natürlich nicht sagen. »Was denn gehört?«

»Na, ihr habt überhaupt nicht gestritten«, erklärt Ivy.

»Wir sind die Einnahmen der letzten Woche durchgegangen. Da gab es keinen Grund zum Streiten.«

»Als wenn euch das je abgehalten hättet. Ihr streitet wegen der Farbe an der Wand«, urteilt Unity.

»Oder wegen der Wolke, die am Himmel vorbeizieht«, ergänzt Pansy und grinst vielsagend.

»Was wollt ihr damit sagen?«, meine ich skeptisch.

»Ist doch wohl klar, dass der Chef scharf auf dich ist. Warum sonst streitet er laufend mit dir. Nie mit einer von uns. Wir sind einfach Luft für ihn, billige Arbeitskräfte. Doch sobald du ins Spiel kommst, dreht er regelrecht durch.« Pansy flüstert ganz leise, damit uns niemand belauschen kann.

Langsam bekomme ich ein schlechtes Gewissen. Ich werde rot; gerne würde ich mit der Wahrheit herausrücken, doch das ist nicht möglich. Was genau, ist eigentlich die Wahrheit?

»Ivy, rufen Sie im *Mine Mind* an, wir brauchen den Umsatz der letzten Woche. Die sollen sich beeilen.« John kommt den Flur entlang und verschwindet in die Küche.

»Ja, Sir.« Ivy bekommt einen roten Kopf und

ich sehe die Panik in ihren Augen. Warum hat sie nur immer solche Angst vor John?

Sie greift zum Hörer des Telefons und erledigt den Auftrag sofort.

Als sie auflegt, schaut sie mich verwirrt an. »Sie sagen, sie hätten die Zahlen bereits am Freitag gefaxt. Schicken Sie aber erneut.«

»Ich habe nichts erhalten. Vielleicht hat Mister Fitz-James die Zahlen bekommen.«

Ivy springt von ihrem Stuhl auf, läuft Richtung Küche, als John mit einer großen Tasse zurückkehrt. Erschrocken zuckt John zusammen, als Ivy ihn fast umrennt und heult wie ein Tier auf. »Verflucht, ist das heiß!«

»O mein Gott! Entschuldigung, Mister Fitz-James, das wollte ich nicht. Habe ich sie verbrüht?«

John lässt die Tasse zu Boden fallen und ein großer hässlicher Fleck breitet sich auf seinem Hemd aus. Er reißt sich das Jackett samt Hemd vom Körper.

Ich springe auf und will ihm helfen, doch als er uns den Rücken zuwendet, um nach einer Serviette zu greifen, erstarre ich in meiner Bewegung.

Nein, alles nur das nicht!

»Man ist das heiß! Ivy, müssen Sie mich so

erschrecken?«, donnert John los, doch Ivy starrt nur mit offenem Mund seinen Oberkörper an, so wie alle anderen Frauen ebenfalls. Dabei vergisst sie sogar, in Tränen auszubrechen, wie üblich, wenn John sie anfährt.

Endlich setzen sich meine Beine in Bewegung, und laufen in sein Büro, weil ich weiß, dass er dort immer einige Ersatzhemden vorrätig hat. Ich habe sie ja oft genug aus der Reinigung geholt.

»Hier, zieh das an. Hast du dich verbrannt?«, frage ich besorgt. Ich berühre sein Sixpack, schaue mir seine Haut genauer an, doch sie ist nur ein wenig gerötet, aber nicht ernstlich verletzt. John legt seine Hand auf meine, streichelt sie, dann geht sein Blick über meine Schulter und ich schließe für eine Sekunde die Augen. »Scheiße«, murmele ich ganz leise und er nickt leicht: »Oh, ja.«

Er legt einen Arm um meine Schulter und zieht mich an seine nackte Brust. »Tja, jetzt ist die Katze wohl auf dem Sack«, meint er laut.

»Wohl eher die Flügel«, erwidert Unity mit hochgezogener Augenbraue und kehrt zu ihrem Schreibtisch zurück.

Ivy holt endlich einen Lappen, um die Bescherung auf dem Boden zu beseitigen. Als John das Hemd übergezogen hat, kann ich auch wieder beruhigter ausatmen. Dass die Mädels ihn so zu sehen bekommen haben, gefällt mir gar nicht. Er ist nun mal der feuchte Traum aller Frauen, zumindest der Angestellten in diesem Büro.

Mit einer frischen Tasse Kaffee, nur mit einem Löffel Zucker, so wie er seinen Kaffee am Liebsten trinkt, betrete ich Johns Büro und schließe die Tür hinter mir.

»Danke, Baby«, meint er und bedankt sich zärtlich mit einem Kuss.

»Es tut mir leid«, meine ich mit einem schlechten Gewissen.

»Unity hat wohl mein Tattoo erkannt?«, fragt er und trinkt einen Schluck.

»Informationen verbreiten sich in diesem Büro schneller als die Grippe. Es tut mir leid, dich in diese Lage zu bringen, das wollte ich nicht.«

Er zieht mich in seine Arme. »Das sollte wohl eher mein Satz sein, oder nicht?«

Ich beiße mir auf die Lippe. »Was soll ich ihnen sagen, wenn sie mich fragen? Ich kann ihnen ja wohl kaum von unserem Arrangement erzählen.«

Er schaut mich einen Augenblick an, dann schüttelt er den Kopf. »Nein, das ist wahrhaftig keine gute Idee.«

»Aber tu mir bitte einen Gefallen. Ich möchte nicht die Favoritin der Woche sein.«

»Die was?«, fragt er überrascht und trinkt einen weiteren Schluck.

»Die Favoritin der Woche, so nennen wir deine Frauen, die du ab und an hier anschleppst.«

John verschluckt sich an seinem Kaffee und nur mit Mühe kleckert er nicht das nächste Hemd voll.

»Sorry, aber es waren nun mal nicht gerade wenige.« Ich hebe entschuldigend die Hände.

»Wenn du nicht lieb bist, nehme ich dir den Schal weg und schicke dich so wieder zu deinen Freundinnen.« Seine Stimme ist ernst, doch ich höre das Lächeln dahinter.

»Alisa, komm her zu mir.« Er hält mir die Hand hin und als ich sie ergreife, zieht er mich an seine breite Brust. »Du wirst nie so etwas, wie die Favoritin für eine Woche sein. Höchstens so etwas, wie für drei Jahre. Ich hatte dich immer vor Augen, aber war zu blind, um zu erkennen, wen ich da vor mir habe. Du bist mehr. Viel mehr. Reicht dir das fürs Erste?« Er blickt mir aufrichtig in die Augen und ich nicke. Für mehr fehlen mir einfach die Worte.

Als ich mich an meinen Schreibtisch setze, verstummen meine Freundinnen, von denen ich nicht weiß, ob sie noch meine Freundinnen sind. Ich blicke Unity unsicher an.

»Na, zumindest wissen wir jetzt, warum er die Kosten für Angus übernommen hat«, meint sie und wendet sich ihrem Computer zu.

Mist! Das ist wirklich alles andere als gut gelaufen.

»Hört mal, es tut mir leid. Aber ich konnte es euch einfach nicht sagen.«

»Seit wann läuft das zwischen dir und dem Chef?«, will Pansy wissen.

»Seit meinem Geburtstag. Ehrlich. Er hat plötzlich in dem Zimmer, dass ihr gebucht habt, auf mich gewartet. Es ist einfach passiert. Was soll ich sagen. Ihr habt ihn ja gesehen.« Ich muss schmunzeln.

»Na, verdenken kann ich es dir nicht, aber für heute werde ich noch sauer auf dich sein, dass du mir nicht die Wahrheit gesagt hast.« Unity blickt mich böse an, dann grinst sie. »Ich habe es dir ja erklärt. Das war alles nur Vorspiel.«

»Drei Jahre?«, fragt Pansy und ihr Ton hört sich ziemlich überrascht an.

»Ihr habt keine Ahnung«, stöhne ich leise.

»So gut?«, fragt Ivy.

»Noch besser«, meine ich grinsend und wende mich meinem Computer zu.

»Damit das klar ist, Alisa. Du bist uns was schuldig. Einen ganzen Abend im Club. Du bezahlst und das wird teuer.« Unity zwinkert mir zu und mir schwant Fürchterliches.

KAPITEL 11

Es ist schon spät, niemand ist mehr im Büro, selbst John hat schon Feierabend gemacht. Er hat sich Lennox geschnappt, der mich mit einem traurigen Blick verabschiedet hat und mit einem »Ich kümmere mich um Lenny«, das Büro verlassen. Kein Kuss, keine Nachricht, wann wir uns das nächste Mal sehen. Ich habe es hingenommen, denn aufdrängen mag ich mich nicht.

Ich sitze immer noch über den Wochenzahlen, als mir etwas auffällt. Der Geschäftsführer des *My Mind* hat die Zahlen zwei Mal gefaxt, doch sie enthalten unterschiedliche Zahlen. Das erste Fax umfasst genau einundzwanzigtausend Pfund mehr Umsatz, genau dreitausend Pfund pro Tag mehr. Ich habe drei Mal nachgerechnet und komme immer wieder zu dem gleichen Ergebnis. Das mindert den Gewinn, den der Club abwirft, erheblich. Ist das ein Zufall? Oder Absicht? Ist es bisher nur ein Mal vorgekommen, oder werden hier vorsätzlich die Einnahmen gemindert? Wohin fließen die täglichen dreitausend Pfund? Weiß John davon? Verdammt, wenn das schon länger so geht und John keine Ahnung davon hat, handelt es sich um eine Unterschlagung des Geschäftsführers.

Neugierig schaue ich in den Personalakten nach, wer das *My Mind* führt. Sarah Webster. Ich bin ihr bereits schon begegnet. Eine langbeinige Blondine, mit üppigen Kurven und einem lasziven Lachen. Ganz Johns Typ. Schnell verdränge ich das Bild und die Gedanken an Miss Webster. Eigentlich geht mich das alles nichts an. Natürlich gibt es auch eine andere Alternative: John weiß davon und will das Geld an der Steuer vorbeiführen. Diese Idee bereitet mir Unbehagen. Ist John ein Betrüger? Ein Krimineller?

Entnervt packe ich meine Sachen zusammen. Ich kann noch so darüber grübeln und werde doch zu keinem Ergebnis kommen. Also stecke ich die beiden Faxe in meine Tasche und mache mich auf den Weg. Zu Hause will ich in Ruhe darüber nachdenken, was ich tun kann.

Während ich durch die Londoner Straßen fahre, wird mir erst vor Johns Haus klar, dass mich mein Weg keineswegs nach Hause geführt hat. Ich bleibe einige Minuten in meinem Wagen sitzen, überlege, ob es eine gute Idee ist, John damit zu behelligen. Doch es ist meine Aufgabe, ich würde es später bereuen, nichts gesagt zu haben, wenn er selbst dahinter kommt.

Entschlossen steige ich aus und laufe zu seinem Haus. Ich drücke zögerlich die Türklingel.

Zuerst denke ich, dass John gar nicht da ist, doch dann wird mir geöffnet. Schnellen Schrittes laufe ich in die erste Etage und betrete die Wohnung, weil die Tür weit offen steht. Sofort kommt Lennox mit entgegen und leckt meine Hand. »Hey, mein Hübscher. Hast du mir die Tür geöffnet?«

»Nein, das war ich.«

Ich drehe mich um und erstarre. Hinter mir steht das blonde Gift - Sarah Webster.

»Miss Webster! Guten Abend«, meine ich sehr erstaunt und mustere ihre Gestalt. Mein Blick bleibt an ihrer Halsfessel hängen. Sie ist schwarz und wesentlich größer als meine, aber bei Weitem nicht so filigran gearbeitet.

»Miss Croft, kann ich Ihnen vielleicht weiterhelfen?«, fragt sie und ihr Ton passt sich ihren Gesten an, als wäre sie hier zu Hause. Sie trägt einen kurzen Ledermini und hohe Stiefel. Ihr fehlt nur die Peitsche in der Hand. Ein Bild, wie aus einem BDSM-Katalog.

»Ich wollte ...«

»Babe, hat es an der Tür geläutet?«

John kommt nur mit einem Duschtuch um den Hüften bekleidet aus dem Badezimmer und ich kann nicht anders, als ihn anzustarren. Ich nehme jedes Detail auf, wie ein Schwamm. Sein feuchtes Haar, die kleinen Wassertropfen auf seinen Schultern, die leicht funkeln, als würden sie mich höhnisch anlächeln. Die feinen schwarzen Härchen auf seinen Armen, die ich so liebe.

»Miss Croft.« Seine Stimme ist rau und ich höre heraus, dass er nicht mit mir gerechnet hat.

»Entschuldigung, ich wollte nicht stören. Ich bin nur hier ...« Ich schaue mich verzweifelt um. » ... um Lennox abzuholen. So, wie ich es Ihnen versprochen habe. Seien Sie unbesorgt, er wird es gut bei mir haben.« Ich nehme seine Leine vom

Haken neben der Tür und gehe in das Arbeitszimmer, um den Hund zu holen.

»Schatz, solltest du dir nicht etwas anziehen? Das Personal muss dich ja nicht nackt sehen.« Ich höre ihre aufgesetzte Stimme. John antwortet etwas, was ich nicht verstehen kann, weil er leise spricht. Ich schließe die Augen für eine Sekunde und weiß nicht was ich machen soll. Doch ich muss diese Charade zu Ende spielen, anders komme ich hier nicht heraus.

»Komm Lennox, du bleibst jetzt bei mir.«

Ich verharre noch einen Augenblick, dann drehe ich mich um.

Gehorsam erhebt er sich von seinem Kissen und trabt neben mir in dem Flur.

»Miss Croft, kann ich Sie noch einen Augenblick sprechen?« John hat seine Stimme anscheinend wieder unter Kontrolle.

»In diesem Aufzug?«, fragt Miss Webster und schaut ihn überrascht an.

»Seit wann so prüde, Miss Webster?«, meine ich herablassend und an John gewandt. »Tut mir leid. Ich habe noch eine Verabredung und leider keine Zeit mehr. Lennox kann bei mir bleiben, so lange es nötig ist, aber ich habe heute Abend noch eine Verabredung mit Shakespeare.« Ich nicke beiden mit einem Lächeln zu, das mir das Herz bricht, und sehe zu, dass ich die Wohnung so schnell wie möglich verlasse.

Noch an diesem Abend treffe ich zwei wichtige Entscheidungen.

1. Ich werde Lennox behalten.

2. Ich werde endgültig kündigen.

Was auch immer passiert, ich werde unter keinen Umständen den Hund mehr abgeben. Von mir aus können mich Johns Anwälte verklagen, ins Gefängnis stecken, was auch immer. Ich überlasse ihn nicht einem Mann, der ihn sowieso nicht richtig behandelt. Zur Not werde ich den Tierschutz auf ihn hetzen.

Nachdem ich Lennox in meinen Audi verfrachtet habe, fahre ich zum Büro, drucke eines der Kündigungsschreiben mit aktuellem Datum aus und lege es unterschrieben auf Johns Schreibtisch. Schnell packe ich alle persönlichen Dinge in einen Karton, es ist nicht viel, abschließend lege Ivy die beiden Faxe mit einem Vermerk auf den Tisch. Ich bitte sie darin, John auf die unterschiedlichen Einnahmen aufmerksam zu machen. Mehr gibt es

nicht zu tun. Doch eines noch, ich kaufe mir eine
Zeitung und gehe die Immobilienanzeigen durch.
Die teure Wohnung mitten in London werde ich mir
in Zukunft nicht mehr leisten können. Aber für
Lennox wäre ein kleines Häuschen mit Garten
ohnehin besser. Ich denke, es wird ihm gefallen,
wenn wir an die Küste ziehen.

KAPITEL 12

Ich stehe immer noch im Flur, nach dem Alisa die Wohnung längst verlassen hat und tropfe den Boden voll.

»Ich denke, dem Parkett tut es nicht gut, wenn du Pfützen hinterlässt.«

»Sei still«, meine ich zu Sarah, die mir jetzt schon auf die Nerven geht. Ich habe keine Ahnung, wie ich das Abendessen hinter mich bringen soll, wenn ich jetzt schon genervt von ihrem besitzergreifenden Auftreten bin.

»Hast du etwas was mit der Kleinen?«

»Nein, wie kommst du darauf?«

»Weil sie dich so mit den Augen verschlungen hat, und du sie ebenfalls nicht aus den Augen lassen konntest. Da muss man schon blind sein, um nicht zu erkennen, dass da zwischen euch etwas läuft.«

»Du irrst dich gewaltig.«

»Wie du meinst. Belüg' dich nur selbst weiter, aber nicht mich.« Sie wendet sich ab und geht in das Arbeitszimmer. Verflucht, was sucht sie da drin?

Sekunden später steht sie wieder im Flur. »Mein Gott, ist das schön. Hast du das etwa für mich gekauft?«

Sie hält Alisas Halsband in den Händen.

»Gib das her, es ist nicht für dich. Wie kommst du nur darauf?« Ich reiße es ihr aus den Händen, als könne sie es durch ihre Berührung entweihen.

»Mein Gott! Was ist denn los mit dir? Ich habe doch nur gefragt. Für wen hast du es denn gekauft, wenn es nicht für mich ist? Du wirst es wohl kaum selbst tragen wollen!« Sie lacht laut auf.

»Ich ziehe mich jetzt endlich an, unser Tisch wartet.« Ich wende mich ab und nehme das Halsband mit ins Schlafzimmer.

Verdammt, sie hat es abgelegt und noch dazu ihr Safeword genannt. Schlimmer hätte es nicht kommen können. Sie hat es beendet. Ich weiß es. Ihre Worte hatten etwas Endgültiges an sich. Und dass sie ihr Safeword ins Spiel gebracht hat, sagt doch alles. Meinte Güte, was habe ich nur getan? Jede Faser in mir schreit nach Alisa und es bereitet mir körperliche Schmerzen, wenn ich an sie denke. Wenn ich nur die Wahrheit sagen könnte, doch es würde sie unnütz in Gefahr bringen. Ich muss sie aus der Sache heraushalten. Sie ist zu kostbar, als dass ich sie diesem Risiko aussetze. Immerhin hat sie Lennox mitgenommen, so hat sie zumindest etwas, was mir gehört. Natürlich schätzt sie die Situation vollkommen falsch ein, und es wird schwer werden, sie vom Gegenteil zu überzeugen.

Erst spät am Abend schaffe ich es, nach ihr zu sehen, doch zu Hause treffe ich sie nicht an. In der Wohnung brennt weder Licht noch steht ihr Auto, der kleine Audi A3, vor der Tür. Verdammt, wo kann sie nur sein? Sie hat Lennox dabei, also wird sie kaum woanders übernachten. Oder vielleicht doch? Ich probiere es auf ihrem Handy, doch sie hat es ausgeschaltet, ich lande noch nicht einmal auf der Mailbox. Ich kenne keine Adressen der anderen Angestellten, also muss ich ins Büro fahren, um sie mir zu besorgen. Dabei fällt mir auf, dass mir immer Alisas Adresse bekannt war, obwohl ich sie vorher nie besucht habe. Nicht einmal Lenny habe ich bei ihr abgeholt, sondern sie hat ihn immer ins Büro gebracht.

Im Büro ist es dunkel, ich schalte die Flurbeleuchtung an und stolpere über einen großen braunen Umschlag, den jemand durch den Briefschlitz geworfen hat. Ich hebe ihn auf und nehme ihn mit ins Büro. In meinem Büro bewahre ich die Personalakten auf und speichere mir die Adressen und Telefonnummern ihrer Freundinnen in meinem Smartphone ab. Mein Blick fällt auf die Computertastatur. Ich erkenne ihre Unterschrift sofort und ein ungutes Gefühl macht sich in meinem Magen breit.

Es ist, wie ich vermutet habe. Sie hat gekündigt. Mal wieder, doch diesmal fühlt es sich endgültig an. Es ist ihr Ernst. Sie denkt, dass ich mit Sarah schlafe, dass sie meine Sub oder was auch immer ist. Ich hätte es sofort klarstellen müssen. Warum nur habe ich das nicht getan? Aber immerhin werde ich Alisa wiedersehen, wenn sie mir Lennox wiederbringt. Dann werde ich ihr alles erklären und sie wird es verstehen. Sie muss mir glauben. Ich versuche es erneut auf dem Handy, kein Erfolg.

Nach und nach fahre ich alle Adressen ab, um zu schauen, ob ich Alisas Audi irgendwo finde, doch ich habe kein Glück. Zum Schluss versuche ich es bei Ivy und Pansy per Telefon. Doch beide sagen, sie hätten Alisa nicht gesehen. Ich fahre zu

Unity. Wenn mir jemand helfen kann, dann ist sie es.

Ich klopfe an die Tür und nach einer Ewigkeit öffnet sie endlich die Tür. Sie sieht ziemlich verschlafen aus.

»Mister Fitz-James! Ist etwas passiert?«, fragt Unity und blinzelt mich müde an.

»Unity, ist Croft bei Ihnen?«

»Alisa? Nein, ist sie denn nicht bei Ihnen oder zu Hause?« Sie gähnt und hält sich die Hand vor den Mund.

»Nein, ich kann sie nicht finden. Es ist wirklich wichtig. Haben Sie eine Ahnung, wo sie vielleicht stecken könnte. Gibt es Verwandte, zu denen sie eventuell gefahren ist?«

Unity überlegt, schüttelt dann den Kopf. »Nicht, dass ich wüsste. Sie muss doch morgen arbeiten, da wird sie kaum weggefahren sein. Tut mir leid. Kann ich jetzt wieder ins Bett, ich muss morgen früh raus. Aber das wissen Sie ja.«

»Ja, natürlich. Bitte entschuldigen Sie die Störung. Ach Unity, können Sie es vielleicht auf ihrem Handy versuchen?«

»Mein Akku ist leider leer.« Sie schaut mich mittlerweile echt wütend an.

»Okay, dann sehen wir uns morgen.« Langsam

gehe ich wieder zu meinem Auto. Vielleicht ist sie ja jetzt zu Hause. Immerhin ist es Mitternacht. Also fahre ich erneut zu ihrer Wohnung, doch sie öffnet wieder nicht, oder ist wirklich nicht da. Ich gebe auf und fahre nach Hause, stelle mich auf eine kurze Nacht ein.

***

Es war eine sehr lange Nacht. Ich habe kein Auge zugetan. Immer wieder habe ich versucht, Alisa auf dem Handy zu erreichen, und immer bekam ich die gleiche Antwort: Der Teilnehmer ist im Moment nicht erreichbar!

Wie so oft bin ich als erster im Büro, verweile ungeduldig, bis alle Angestellten das Büro betreten. Auf Alisa warte ich vergebens. Um Viertel nach Acht klopft Unity an meine Tür.

»Mister Fitz-James, haben Sie gestern Alisa gefunden? Ich frage nur, weil wir uns Sorgen machen. Sie ist noch nicht da und ihr Schreibtisch ist ebenfalls leer geräumt.«

Ich nicke und winke sie zu mir in den Raum. »Ja, ich weiß. Das hier habe ich gestern gefunden.« Ich halte Unity die förmliche Kündigung hin.

»Sie hat also wieder gekündigt.« Ein Lächeln

bildet sich auf ihren Lippen. »Sie wird wohl etwas später kommen und dann ihre Kündigung wieder zurückziehen. So wie die zehn letzten Male auch.«

Ich schüttelte den Kopf. »Nein, Unity, diesmal wird sie nicht wiederkommen.«

Ihr Blick wird ernst. »Was ist passiert?«

Keine Ahnung, wie ich Unity erklären soll, was sich abgespielt hat. Ich hebe die Schultern und wende mich zum Fenster.

»Es muss doch etwas Gravierendes passiert sein, Mister Fitz-James. Was habe Sie gemacht?« Ihre Stimme ist streng. Ich spreche hier mit Alisas Freundin, nicht mit meiner Angestellten.

»Sie denkt, ich habe sie mit einer anderen Frau betrogen, was aber nicht stimmt. Ich wollte Alisa nur in dem Glauben lassen, um sie zu schützen.« Ich fahre mir nervös durch die Haare. Diese Idee war wirklich die schlechteste in meinem Leben.

»Wo vor schützen?«

»Das kann ich Ihnen nicht sagen. Noch nicht.«

»Ist Alisa in Gefahr?«

Ich schüttele den Kopf und hoffe, dass ich recht behalte.

»Aber warum hat sie dann gekündigt und ist einfach abgehauen?«

»Ich weiß es nicht!«, rufe ich aufgebracht, doch

es ist nicht die Wahrheit. Ich weiß es, traue mich aber nicht, es laut auszusprechen. »Sie hat Lennox mitgenommen«, erkläre ich und mäßige meinen Ton.

Mittlerweile stehen auch Pansy und Ivy im Türrahmen, schauen besorgt aus.

»Ich hoffe, Ihnen ist klar, dass Alisa Sie liebt. Sie ist seit Jahren in Sie verliebt. Welche Frau hält diesen Terror sonst aus, den Sie täglich mir ihr veranstaltet haben? Keine von uns wäre länger als eine Woche geblieben. Alisa hat es drei Jahre mit Ihnen ausgehalten. Haben Sie darüber schon mal nachgedacht?« Unity funkelt mich wütend an.

»Ja, heute Nacht, als ich kein Auge zumachen konnte, habe ich sehr lange darüber nachgedacht.«

»Ich kann nur hoffen, dass Sie ihre Gefühle wert sind, Mister Fitz-James.«

»Werden Sie mir helfen, Alisa zu finden?«

Unity schaut sich zu ihren Freundinnen um, die leicht nicken.

»Okay, wir helfen Ihnen. Aber sollten Sie es noch mal verbocken, werden Sie nicht nur Alisa verlieren.«

»Wie wollen Sie mir helfen?«, frage ich ziemlich kleinlaut.

»Ich habe einen Schlüssel zu Alisas Wohnung.«

KAPITEL 13

Noch am Abend gehe ich zum Strand hinunter, weil ich weiß, wie sehr Lennox Wasser liebt. Wie ein Verrückter ist er herumgesprungen, ist geschwommen und hat mich zum Dank mit Wasser bespritzt, als er sich ausgeschüttelt hat. Zum Glück ist es angenehm warm. Jetzt im Juni ist Saison in Southend-on-Sea, dem kleinen Badeort, in dem ich aufgewachsen bin.

Mom konnte es gar nicht fassen, dass ich sie endlich besuchen komme. Noch weniger konnte sie glauben, dass ich mir einen Hund zugelegt habe. Am Allerwenigsten wollte sie mir glauben, dass ich mir ein kleines Haus hier kaufen will.

Jetzt am frühen Morgen, als ich meinen

Morgenspaziergang mit Lennox mache, kann ich es auch kaum glauben, dass ich die Stadt hinter mir gelassen habe. Dass ich meine Arbeit und meine Freunde zurückgelassen habe. Dass ich John verlassen habe.

Immer wieder schwanke ich, ob ich nicht doch meine Sachen ins Auto verfrachten und einfach zur Arbeit fahren soll. In weniger als zwei Stunden wäre ich in London. Doch dann sehe ich Sarah Webster in ihrem Aufzug vor mir und mein Herz blutet erneut. Dann weiß ich, warum dieser kleine Ort hier genau der Richtige für mich sein wird.

Meine Mutter erwartet mich mit einer Tasse Tee auf der Terrasse ihres kleinen Gartens. Das Haus hat Dad gebaut, kurz bevor er bei einem Arbeitsunfall ums Leben kam. Seitdem vermietet Mom zwei Fremdenzimmer an Urlauber und lebt von der kleinen Rente, die mein Dad ihr hinterlassen hat. In den Sommermonaten kommt sie gut über die Runden, im Winter schicke ich ihr immer etwas Geld. Nun werden wir gemeinsam schauen müssen, wie es weitergeht.

»Was ist passiert, Alisa? Ich sehe doch, dass es dir nicht gut geht. Ist er wieder aufgetaucht?«

Mom kennt die Geschichte um Stuart. Sie weiß, dass ich ihm als Sub gedient habe und er mich blutig schlug, weil er die Kontrolle verloren hat. Ich schüttele den Kopf. »Nein, ich habe ihn seit vier Jahren nicht mehr gesehen. Ich denke, er lebt immer noch in Manchester, so viel ich gehört habe.«

»Gott sei Dank.« Meine Mutter macht drei Kreuze. Sie kann ja nicht wissen, dass ich einem viel schlimmeren Mann begegnet bin, als es Stuart je war. Einem, der Narben auf meinem Herz hinterlassen wird, und nicht nur auf meiner Haut. Die Striemen auf dem Rücken sind längst verheilt, die auf meinem Herzen, werden es wohl nie. Keine Ahnung, wie ich den Anblick seiner nackten Gestalt, nur mit einem Duschtuch bekleidet, je wieder aus dem Kopf kriegen soll. Doch viel schlimmer sind die Erinnerungen. Meine Haut erinnert sich an seine zärtlichen Berührungen, meine Lippen an seine Küsse und meine Ohren an den Klang seiner Stimme, wenn er mir rührende Worte ins Ohr flüstert.

Verdammt! Allein bei diesen Gedanken schießen mir Tränen in die Augen und ich schluchze auf. Sofort ist Lennox bei mir und legt seinen großen Kopf auf meinen Schoß. Ich streichele ihn sanft. Auch so eine blöde Idee, Lennox einfach mitzunehmen. Noch eine Erinnerung an John, die alles nur noch schwerer macht.

»Willst du es mir erzählen?«, fragt meine Mutter und ergreift meine Hand, drückt sie tröstend. Ich weiß, dass sie mich nicht drängen wird, das hat sie nie getan. Selbst, als ich blutüberströmt zu ihr geflüchtet bin, als Stuart mich halb totschlug, hat sie mich wortlos aus London herausgeholt und gesund gepflegt. Ich weiß, dass ich ihr alles erzählen kann und sie wird mir zuhören, keine Bewertung über mein Leben abgeben.

»Ich habe mich verliebt«, gestehe ich unter Tränen. »Mal wieder in den Falschen.« Ich lächele.

»Hat er dir etwas getan?«

Ich schüttele den Kopf. »Nein, zumindest nicht körperlich. Aber er hat mich angelogen. Obwohl er mir nie etwas versprochen hat. Es hat sich nur so richtig angefühlt. So echt.«

»Ist er dein Dom?« Die Worte aus dem Mund meiner Mutter hören sich surreal an.

»Nicht wirklich. Wir waren gerade dabei auszuloten, was wir beide wollen. Er hat mir eine wunderschöne Halsfessel geschenkt.« Ich schaue ihr in die Augen. »Ich habe sie zurückgelassen.«

Mein Mom kennt sich in der Szene gut aus, sie hat sich schlaugemacht, nachdem mir das mit Stuart passiert ist. Ich liebe sie dafür, auch dafür, dass sie keine Sätze sagt, wie: Du solltest so was nicht machen ... oder, ich habe es ja gleich gesagt.

»Wer ist es? Kenne ich ihn?«

Ich nicke bestätigend. »Aber nicht persönlich. Es ist John Fitz-James.«

»Dein Chef?«

Ich nicke erneut. »Ja, ich habe den Fehler gemacht und mich in meinen Chef verliebt. Verrückt, oder?«

»Wie nanntest du ihn noch? Mister-Heiß-und-Skrupellos? Wenn das zutrifft, müssen wir uns nicht wundern, oder?« Sie lächelt mich an. Ein liebevolles Lächeln, das ich erwidere.

»Lennox gehört ihm.«

»Was? Du hast seinen Hund entführt?«

Ich beiße mir auf die Unterlippe und nicke. »Muss man dafür ins Gefängnis?«, frage ich ängstlich.

»Nicht, so lange ich lebe.« Meine Mutter trinkt einen Schluck Tee und stellt die Tasse laut auf der Untertasse ab.

Wie ich diese Frau liebe. Mit ihr habe ich das Gefühl, es mit der ganzen Welt aufnehmen zu können.

»Wie empfindet er für dich?«

»Nicht so, wie ich gehofft habe. Er wollte

Exklusivität und ich dachte, es würde für beide Seiten gelten, doch dem war nicht so. Was soll ich sagen. Du siehst, es ist nicht viel passiert. Aber ich bin hier, um meine Wunden zu lecken, und dann sehe ich mal, wie es weitergehen soll. Vielleicht finde ich hier einen Job.«

»Ja, wenn du einen als Bedienung suchst, bist du hier richtig.«

»Zur Not mache ich auch das.«

»Weiß er, wo du bist?«

»Nein, niemand weiß es. Nicht einmal meine Freundinnen.«

»Und was ist mit ihm?« Mom schaut auf Lennox, der sich zu meinen Füßen niedergelassen hat.

»Was soll mit ihm sein? Ich habe jetzt einen Hund.«

KAPITEL 14

Unity hat leider keine guten Nachrichten für mich. In Alisas Wohnung gab es keine Hinweise, wohin sie verschwunden ist. Einzig, dass eine Menge ihrer Kleidung im Schrank fehlte, und auch Lennox neues Kissen verschwunden ist. Das zeigt mir, dass sie es ernst meint. Sie wird nicht zurückkommen, zumindest nicht von allein. Ich muss sie finden, damit wir wenigstens eine Chance haben.

Ein Klopfen an der Tür unterbricht meine Gedanken und Ivy steckt den Kopf zur Tür herein.

»Mister Fitz-James, darf ich Sie einen Augenblick stören?«, fragt sie zaghaft. »Es geht um

Alisa«, schiebt sie schnell nach, als sie merkt, dass ich sie abwimmeln will.

»Okay, kommen Sie rein, Ivy.« Ich winke sie zu mir.

»Das habe ich heute Morgen auf meinem Schreibtisch gefunden. Alisa muss es mir gestern hinterlassen haben.«

Sie reicht mir zwei Faxe.

»Schauen Sie, das sind die Einnahmen der letzten Woche aus dem *My Mind*. Die gleiche Woche, aber jeweils zwei unterschiedliche Einnahmen. Alisa hat es geprüft, sie hat mir eine Nachricht hinterlassen, dass jeden Tag dreitausend Pfund fehlen. Das macht über zwanzigtausend Pfund Differenz in der Kasse. Sie bat mich, mit Ihnen darüber zu sprechen.«

Ich starre die Zahlen an, dann nicke ich. »Vielen Dank, Ivy. Ich werde mich darum kümmern.«

Mit einem Lächeln verabschiedet sich Ivy und wünscht mir einen schönen Feierabend.

Ich kann es nicht fassen, endlich habe ich einen Beweis für meine Vermutungen. Was ich durch das Treffen mit Sarah nicht beweisen konnte, habe ich nun hier schwarz auf weiß. Im *My Mind* werden Gelder unterschlagen. Die Frage, die sich stellt ist - wer steckt dahinter? Ist es Sarah, oder ist es einer der Kassierer? Wissen mehrere Angestellte darüber Bescheid, oder ist es nur einer?

Und Alisa hat es herausgefunden! Meine wundervolle, kluge Alisa. Ich wünschte, sie wäre hier und ich könnte sie küssen. Nein, ich würde ganz andere Dinge mit ihr anstellen. Ich muss sie finden. Dringend.

Aufgewühlt lehne ich mich in meinen Stuhl zurück, lege den Kopf in den Nacken und überlege, was meine nächsten Schritte sein werden. Da kommt mir eine Blitzidee, die ich sofort in die Tat umsetze.

Auf meinem Smartphone wähle ich ihre Nummer, doch Alisas Handy ist immer noch ausgeschaltet. Also wähle ich die nächste Nummer.

»Regina am Apparat«, meldet sich der Teilnehmer.

»Regi, hier spricht John Fitz-James. Schön dich zu hören.«

»John, mein Lieber. Wir haben uns aber eine Weile schon nicht mehr gesprochen. Was kann ich für dich tun?«

»Regi, ich brauche dringend eine Auskunft und vielleicht kannst du mir weiterhelfen.«

Sie lacht ihr tiefes Lachen, dass man denkt, man hätte einen Mann am anderen Ende in der Leitung.

»Für meine besten Freunde tue ich doch alles. Du hast dich schon lange nicht mehr in meinem Etablissement sehen lassen. Bist du an einer Mitgliedschaft im Club nicht mehr interessiert?«

»Ich habe sehr viel zu tun. Außerdem habe ich jemanden kennengelernt. Sie ist wirklich etwas Besonderes, ich denke nicht, dass ich die Dienste deiner Mädchen noch einmal benötigen werde. Aber trotzdem würde es mich freuen, wenn ich weiterhin Mitglied in deinem Club bleiben kann.«

Sie lacht erneut. »Mein lieber John, so lange du deine jährliche Mitgliedschaft bezahlst, bist du immer willkommen. Du hast dich doch wohl nicht verliebt?«

Regina Odell betreibt einen SM-Club, das *Love Guide*. Früher war ich oft Gast dort, und wir sind wirklich gute Freunde geworden, teilen die gleichen Neigungen, wir sind beide dominant, daher hätte aus uns niemals ein Paar werden können, doch wir mögen uns und ich vertraue ihr.

»Doch, du hast recht. Ich habe mich verliebt. So wahr ich hier sitze. Auch, wenn ich es bisher noch nie zugegeben habe, aber ich liebe sie, mehr als mein Leben.«

»O wow! Dann musst du mir diese Frau unbedingt vorstellen.«

Das würde ich nur zu gerne. »Ja, Regi, alles zu seiner Zeit.«

»Ich nehme dich beim Wort. Also schieß schon los, was kann ich für dich tun?«

»Regi, ist dir ein Fall untergekommen, bei dem ein Dom seine Fassung verloren hat?«

Sie lacht leise auf. »Das passiert doch ständig.«

»Nein, ich spreche von einer ganz üblen Sache. Er muss sie ausgepeitscht haben, so feste, dass ihr Rücken blutende Narben zurückgelassen hat.«

Einen Augenblick herrscht Stille, dann meint sie: »Nein, in der letzten Zeit habe ich nichts davon gehört.«

»Ich spreche auch nicht von Jetzt und Heute. Es muss mehr als drei oder vier Jahre her sein. Erinnerst du dich da an einen Fall?«

»O ja«, meint Regi leise. »Ich erinnere mich wirklich an einen Vorfall dieser Art. Hier im Club. Stuart Cole. Er war völlig besessen von einer Frau. Wie war noch ihr Name? Ich komme jetzt nicht drauf. Er hat sie ausgepeitscht, weil er glaubte, sie wäre nicht treu. Er hat sie so verprügelt, dass sie ohnmächtig zusammenbrach und ins Krankenhaus gebracht werden musste. Sie hat ihn angezeigt, aber die Anzeige zurückgezogen, als er nach Manchester zog. Er war wirklich ein total durchgeknallter Kerl. Warte mal, ihr Name war, Anna, oder Alice ... nein, Alisa. Alisa Croft, jetzt fällt es mir wieder ein. Wie diese Lara aus den Computerspielen. Ihre Mutter hat sich nach Hause geholt, sie lebte damals an der Küste, ich glaube, es war Southend-on-Sea. Sie vermietet Gästezimmer.«

»Danke, Regi. Ich bin dir etwas schuldig.«

»Warum interessiert dich diese alte Geschichte?«

»Ich bin jemanden auf der Spur« meine ich vage.

»Diese Alisa war bildschön, ein wunderbares Mädchen. Ich würde gerne wissen, was aus ihr geworden ist.«

Ja, das möchte ich auch gerne!

»Vielen Dank, noch mal, Regi. Machs gut.«

»Ja, John, du auch.«

Ich beende das Gespräch und wende mich meinem Computer zu. Zum ersten Mal an diesem Tag. Ich gebe den Namen Croft, Gästezimmer und Southend-on-Sea in die Suchmaschine ein und erhalte mehrere Treffer, darunter auch eine Adresse in Southend-on-Sea. Es sind nur zwei Stunden Fahrt, bis in das kleine Küstenstädtchen. Sollte Alisa sich dort versteckt haben? Mein Gefühl sagt mir, dass die Chance bei neunundneunzig Prozent liegt.

Ich schnappe mir meine Autoschlüssel vom Tisch, und mein Blick fällt auf den braunen Umschlag, der seit gestern Abend dort liegt.

Ich reiße ihn auf, ziehe den Inhalt heraus und erstarre zu Eis. Es sind Fotografien von Alisa. Sie zeigen sie vor ihrem Haus, in ihrem Auto, in meinem Auto, selbst hier vor dem Büro. Es gibt ein Foto, wo sie hier im Büro steht und wir streiten. Das nächste Foto stammt aus meiner Wohnung, es wurde durch das Fenster fotografiert, wie wir in der Küche vögeln. Es gibt eines, das Alisa alleine im *My Mind* zeigt, auf der Tanzfläche. Das Letzte zeigt uns wieder gemeinsam im Büro, wie ich sie auf dem Schreibtisch nehme.

Eine eisige Faust legt sich um mein Herz. Ich spüre Angst, pure Angst, die mir in den Magen schlägt, dass mir regelrecht schlecht wird. Dieser Eingriff in meine Privatsphäre löst ein unkontrolliertes Zucken meiner Hände aus.

Ich drehe mich um, schaue aus dem Fenster, doch dort sehe ich nur weitere Gebäude und verspiegelte Fenster. Verdammter Mist! Wer hat es auf uns abgesehen?

Ich schaue in dem Umschlag nach und finde

einen Zettel, mit aufgeklebten Buchstaben, die aus einer Zeitung ausgeschnitten wurden. *Fitz-James! Lass sie in Ruhe, sonst stirbt sie!*, lautet die Mitteilung. Es ist eine persönliche Nachricht, die direkt an mich gerichtet ist.

Ohne lange nachzudenken, packe ich die Nachricht samt Bilder ein, schnappe meinen Schlüssel und verlasse das Büro. Avenue Road in Southend-on-Sea gebe ich in das Navi ein, trete das Gaspedal meines Vanquish Coupe voll durch und hoffe, das die 576 PS mich schneller als zwei Stunden zu Alisa bringen. Jemand ist hinter ihr her und ich habe keine Ahnung, wer es sein könnte. Ich muss sie sprechen, bevor es zu spät ist.

Dich zu vergessen

KAPITEL 15

Das Leben mit einem Mann kann so problemlos sein. Er ist lieb, beschützt und hört aufs Wort, wenn es ein Hundemann ist. Lennox weicht mir seit Stunden nicht von der Seite und folgt mir auf Schritt und Tritt. Irgendwann gibt er auf, lässt sich vor der Terrassentür nieder, während ich mit Mum im Garten sitze und wir den schönen Abend genießen. Ich habe ganz vergessen, wie schön es hier in Southend-on-Sea ist. Als Kind habe ich oft am Meer gespielt. Die Gäste zu Ausflügen begleitet, mich um das Frühstück gekümmert, die Betten gemacht und den Garten gepflegt. Jetzt, wo ich wieder hier bin, fällt mir auf, wie sehr mir dieses Leben fehlt.

»Was hast du jetzt vor?« Meine Mutter nimmt einen letzten Schluck ihres Tees, den sie immer mit Milch trinkt, was ich ziemlich ekelig finde. Ich bin eher der Schwarzer-Kaffee-Typ.

»Ein wenig habe ich gespart. Ich habe meine Wohnung bereits zum Monatsende gekündigt. Das ging ganz problemlos, der Vermieter hat bereits einen Nachmieter. Ich muss mich nur darum kümmern, dass meine Möbel eingelagert werden, aber das hat noch ein wenig Zeit. Das, was ich brauche, habe ich im Wagen.«

»Wollen wir das Auto noch auspacken?«

»Nein, Mum. Ich habe meinen Koffer schon in mein Zimmer gebracht. Ich kann dir nicht genug danken, dass du es noch nicht zu einem Gästezimmer umgebaut hast.«

Mum greift nach meiner Hand und drückt sie liebevoll. »Das könnte ich nicht übers Herz bringen. Alle Wege führen immer wieder nach Hause.«

Plötzlich springt Lennox auf, läuft zum Gartentor und mir stellen sich die Nackenhaare auf.

»Was hat er?«, fragt meine Mutter verwundert.

Die Sonne ist schon untergegangen, die Straßenbeleuchtung, die zum Strand führt, eingeschaltet. Die Hecke, die unseren Garten umgibt, ist sehr dicht, sodass man nicht auf die Straße hinausblicken kann. Trotzdem spüre ich, dass sich jemand hinter der Hecke versteckt. Da Lennox nicht anschlägt, kann es sich nur um eine Person handeln.

»Ist er das?«, fragt meine Mutter leise und ich nicke. »Geh ins Haus«, fordert sie mich auf.

Sie erhebt sich, schlendert langsam zum Tor. Ich gehe ins Haus, bleibe aber an der offenen Terrassentür stehen, um zu lauschen. Im Haus ist es dunkel, daher bin ich so gut wie unsichtbar.

»Kann ich Ihnen helfen?«

Ich höre die Stimme meiner Mutter, fest und selbstsicher.

»Entschuldigung, ich wollte Sie nicht erschrecken.«

Die Stimme lässt meine Knie weich werden. Was macht er hier? Wie hat er mich gefunden?

»Das haben Sie nicht. Aber wir haben selten Gäste, die sich hinter der Hecke verstecken.«

»Ich habe mich keineswegs versteckt. Es ist nur schon sehr spät, und da im Haus kein Licht mehr brannte, wollte ich sichergehen, dass ich niemanden aus dem Schlaf reiße.«

»Dann sind Sie mit Sicherheit Mister Fitz-James.«

»So ist es, Misses Croft. John Fitz-James, der Freund Ihrer Tochter.«

Auf den ersten Blick erkenne ich, woher Alisa ihren Stolz und ihren Mut hat. Ihre Mutter steht mir aufrecht gegenüber, nicht bereit, sich auf mich einzulassen, nur weil ich der Chef ihrer Tochter bin. Das hier wird härter, als ich es mir vorgestellt habe.

»Wie kann ich Ihnen helfen?« Sie mustert mich ausgiebig.

Lennox springt am Gartentor hinauf, legt seine Vorderpfoten auf der Kante ab.

»Hey, mein Kleiner. Hast du gut auf Alisa aufgepasst? Ich würde gerne mit ihr sprechen. Ist sie noch wach?«, frage ich Misses Croft und kraule Lennox den Kopf, doch dann läuft er zurück zur Terrasse, wo sie steht. Wie aus dem Nichts ist sie aufgetaucht, bekleidet mit einem kurzen Rock und einer weißen Bluse. Sie leuchtet im Dunkeln wie das Leuchtfeuer eines rettenden Leuchtturms in der Nacht.

»Mum?« Langsam kommt sie auf uns zu. Lennox ist wie immer an ihrer Seite. Dieser kleine Schweinehund hat sich so sehr in ihr Herz geschlichen, dass sie ihn sogar entführt. Ich wünschte, ich könnte mit ihm tauschen.

»Ich mache das schon. Lässt du uns allein?«,

meint Alisa zu ihrer Mutter. »Hallo John. Was führt dich hierher?« Ihr Ton mir gegenüber ist wesentlich unfreundlicher.

»Hallo Croft. Können wir reden?« Ich habe Probleme, meiner Stimme den nötigen Druck zu geben, ich höre mich wie eine Heulsuse an.

»Lennox!«, ruft sie und er kommt sofort angelaufen. »Lass uns ein paar Schritte gehen.«

Sie öffnet das kleine Tor und betritt den Bürgersteig, bittet mich nicht ins Haus.

Wir laufen Richtung Strand. Ich rieche den salzigen Geruch, höre das Rauschen der Wellen. Mittlerweile ist es dunkel. Der Weg zum Meer ist nicht weit. Dort ist es menschenleer, nur Sand und eine Menge Wasser. Lennox flippt total aus. Er liebt das kühle Nass, springt in die Fluten und ich will ihn schon zurückrufen, doch Alisa ist schneller, ein kurzer Ruf und er gehorcht ihr aufs Wort.

»Du hast ihn gut im Griff«, meine ich leise und muss grinsen.

Sie nickt. »Ja, besser als dich.« Jetzt muss ich lachen. Sie ist so frech. »Was willst du?«, fragt sie leise und blickt mich böse an.

Ich atme angestrengt aus. »Du kannst nicht so einfach gehen und alles hinter dir lassen.«

An einer kleinen Düne lässt sie sich einfach in

den Sand fallen, schlingt die Arme um ihre angezogenen Beine. Ich bleibe stehen, blicke auf sie hinunter. »Ich kann eine ganze Menge«, gibt sie mir zur Antwort.

»Du gehörst mir, hast du das schon vergessen?«

»Wie könnte ich das je vergessen? Aber du hast auf Exklusivität bestanden. Ich habe die Regeln nicht gebrochen.«

»Ich auch nicht, Alisa. Verdammt!« Ich lasse mich neben ihr in den Sand fallen. »Ich bin hier, um es dir zu erklären.«

»Ich will es nicht hören. Es ist vorbei, belassen wir es dabei.«

Sie wirkt so kalt und abweisend, dass ich es kaum ertrage. Ich möchte sie berühren, doch im Augenblick scheint sie Kilometer weit weg.

»Bedeutet das, Lennox wird bei dir bleiben? Du willst ihn einfach so behalten?«

»Ja.« Sie blickt auf das Meer hinaus, nimmt mich gar nicht richtig wahr.

»Er gehört mir.«

»Du kümmerst dich nicht richtig um ihn. Du hast keine Zeit. Er braucht Zuwendung, regelmäßige Spaziergänge. Menschliche Wärme. Alles Dinge, zu denen du nicht fähig bist.«

Ein Schlag in den Magen könnte nicht

schlimmer sein. Ich muss mich zusammenreißen, damit ich nicht gleich ausflippe.

Alisa beginnt mit dem Finger Kreise in den Sand zu malen. »Es wäre das Beste, wenn Lennox bei mir hier in Southend bleibt. Er liebt das Meer, hier hat er eine Menge Auslauf und ich liebe ihn.«

Wie auf Kommando lässt Lennox sich neben Alisa nieder und blickt sie treu an.

»Und ich liebe dich.« Die Worte rutschen mir einfach so über die Lippen, ein Mal ausgesprochen, kann ich sie nicht wieder zurücknehmen. Ich will es auch gar nicht. Ich blicke in ihre Augen, die mich weit aufgerissen anstarren.

»Wie bitte?«, fragt sie verwirrt und streicht sich eine Haarsträhne aus dem Gesicht.

»Ich liebe dich. Ich weiß, der Moment ist denkbar ungünstig, doch ich möchte, dass du es weißt.«

»Das ist nicht wahr. Das kann nicht dein Ernst sein. Du kommst mit so einer Geschichte hier an und ich soll dir das glauben? Weiß Miss Webster davon, dass du hier bist? Ich denke, es wird ihr bestimmt nicht recht sein.«

»Alisa, bitte. Lass es mich doch erklären. Du hast das alles vollkommen falsch verstanden.«

»Was kann man daran falsch verstehen? Ihre

Halsfessel ist wesentlich größer als meine. Sie hat ihr Revier markiert, als wäre sie ein Dobermann. Ich habe erst eine katastrophale Beziehung hinter mir. Das reicht für zwei Leben, auf mehr bin ich nicht scharf.«

»Verdammt, Alisa. Was muss ich tun, damit du mir glaubst? Sarah und ich hatten vor ewiger Zeit mal etwas miteinander, doch das ist vorbei. Sie arbeitet für mich als Geschäftsführerin, aber das weißt du ja. Ich habe sie zum Abendessen eingeladen und sie ist zu früh aufgetaucht. Und der einzige Grund, warum ich mit ihr essen gegangen bin, ist, weil ich herausfinden muss, ob sie von den Unterschlagungen im *My Mind* weiß. Oder sogar dahintersteckt. Das ist der Grund, weshalb ich sie getroffen habe. Die Halsfessel, die sie trägt, hat nichts mit mir zu tun. Die einzige Frau, die ich will, Alisa, bist du.« Wow! So viele Sätze, ohne dass sie mich unterbrochen hat. »Sag was«, meine ich leise.

Lennox erhebt sich und läuft hinunter zum Wasser, als würde er mir zeigen wollen, dass auch er mir nicht glaubt.

Ich blicke Lennox hinterher, wie er zum Wasser läuft und mit den Wellen spielt.

»Diesmal gewinnst du diesen Kampf, denn du machst mich echt sprachlos.« Mehr bekomme ich nicht über die Lippen. Ich will ihm nicht in die Augen sehen, sonst verliere ich mich. Vollkommen verwirrt sitze ich hier und höre mir seine Liebeserklärung an. Er liebt mich? Was soll denn jetzt dieser Scheiß?

»Alisa, wir haben es nicht nötig, irgendwelche Kämpfe auszufechten. Ich will nicht mit dir kämpfen, ich will dich lieben. Auf meine ganz besondere Art und Weise. Schau mich an.«

Ich bringe es nicht über mich und schüttele den Kopf. »Nein, ich kann nicht.«

»Doch, du kannst.« Er legt einen Finger unter mein Kinn, zieht meinen Kopf zu sich heran.

Ich blicke ihn an und bin verloren. Dieses Meer von Grün zieht mich in seinen Bann, lähmt meinen Willen und ich ergebe mich ihm.

»Ich weiß, dass du auch etwas für mich empfindest«, flüstert John. »Ich habe es immer gewusst, nur war es mir nicht klar. Es lag förmlich auf der Hand, nur war ich zu dumm, es zu erkennen. Ich gehöre dir. Du musst mir glauben, keine andere Frau löst das in mir aus, was du bewirkst.«

»Ich kann nicht, weil ich Angst habe. Ich muss mir erst ganz sicher sein.«

»Oh, Babe, ich werde dir diese Angst nehmen, dir beweisen, dass ich die Wahrheit sage.« John umschließt mein Gesicht, berührt zärtlich meinen Mund mit seinen Lippen und küsst mich. Ich zögere, doch wenige Sekunden später ergebe ich mich diesem Kuss. Alles um mich herum verliert an Bedeutung, einzig seine Berührung, sein Duft und das Gefühl, das John mir vermittelt, sind so einnehmend, dass nur noch das für mich zählt.

Er stöhnt leise auf, als ich mich auf diesen Kuss einlasse, ihn erwidere. John lehnt sich über mich, drückt mich in den Sand, der von der Sonne noch ganz warm ist. »Gott, Croft, tu mir das nie wieder an«, flüstert er an meinen Lippen und fährt meine Kinnlinie entlang. Küsst meinen Hals, streicht mit einer Hand über meine Brust. »Komm mit mir nach Hause. Ich will dich lieben, so wie du es verdient hast.«

»Die Fahrt dauert zwei Stunden«, merke ich an.

»Nicht in meinem Wagen.«

»Ich habe meine Wohnung zum Monatsende gekündigt.«

»Die brauchst du auch nicht. Du wirst ohnehin bei mir wohnen.«

Wir laufen Hand in Hand vom Strand nach Hause. Ich packe meine Sachen, als meine Mutter zu mir ins Zimmer kommt.

»Du gehst mit ihm?« Sie schaut mich fragend an.

»Er liebt mich.«

»Er hat also die Liebes-Karte ausgespielt?«

»Mum ...«

»Alisa! Nimm es mir nicht übel, du weißt, ich habe nur dein Wohl im Blick. Er macht mir Angst.«

»Glaub mir, ich habe auch Angst. Doch ich will es versuchen. Ich will nicht eines Tages aufwachen und bereuen, dass ich es nicht wenigstens versucht habe.«

Mum kommt auf mich zu, nimmt mich in die Arme. »Ich kann dich gut verstehen. Er ist ein Mann, dem man nur schwer widerstehen kann. Er sieht nicht nur umwerfend aus, er hat auch eine Menge Charisma. Für mich gab es auch einmal so einen Mann. Ich wünsche dir so sehr, dass es funktioniert. Gibt auf dich acht, mein Kind, aber behalte deine Wohnung noch eine Weile.«

Mum küsst mich auf die Wange und lässt mich dann weiter packen.

»Mister Fitz-James, haben Sie eine Sekunde für mich?«

Mrs. Croft steht mir im Wohnzimmer, wo ich auf Alisa warte, gegenüber.

»Bitte, nennen Sie mich doch John.«

»Gut, ich bin Mabel. John, ich möchte Klartext mit Ihnen sprechen. Alisa wurde bereits sehr wehgetan, ich will nicht, dass das ein weiteres Mal geschieht. Sie würde das nicht überleben.«

»Ma'am, ich will alles andere, als ihr wehzutun. Ich werde sie beschützen, so wie es in meiner Macht steht.«

»Ich rede nicht davon, dass ihr etwas geschehen könnte, sondern davon, dass Sie meine Tochter verletzen. Ich unterstelle Ihnen gute Absichten, doch sollten Sie Alisa je das Herz brechen, werde ich Ihnen das Genick brechen.« Bei diesen Worten lächelt sie mich an und ihre Augen sagen mir, dass ich ihr jedes Wort glauben kann.

»Sollte Alisa je unglücklich sein, werde ich mich Ihnen freiwillig ausliefern, Mabel. Sie haben mein Wort.«

»So, ich habe alles. Mum, kann ich mein Auto für ein paar Tage hierlassen? Ich komme es später abholen. John möchte unbedingt, dass ich mit ihm fahre.«

»Natürlich, das ist kein Problem, mein Kind.«

»Komm, Lennox.« Alisa ruft ihn, doch er liegt auf seinem Kissen und bewegt sich nicht.

»Sieht so aus, als würde der Kleine hierbleiben wollen«, meint Mabel und grinst wissend.

»Na, so klein ist Lennox auch nicht mehr. Immerhin ist er ein ausgewachsener Labrador«, erkläre ich, und versuche ihn zu locken, doch der Hund hört schon eine Weile nicht mehr auf mich.

»Dann lasst ihn doch bei mir. Er liebt das Meer und ich freue mich, wenn ich etwas Gesellschaft habe. Die Gäste werden ihn lieben.«

Alisa schaut mich fragend an.

»Es ist dein Hund«, meine ich mit einem Lächeln auf den Lippen und als sie mich überrascht anschaut, ergänze ich: »Es war schon immer deiner.«

KAPITEL 16

Mir ist gar nicht wohl dabei, Lennox zurückzulassen, doch es ist eine kluge Entscheidung. Er liebt die See und Mum wird sich gut um ihn kümmern, das weiß ich, trotzdem wird er mir fehlen.

Ich schaue hinüber zu John, der sicher diesen Wagen über die Straße lenkt. Das Auto passt zu ihm - teuer, exklusiv, schnell. Grün, wie seine Augen. Diese hypnotischen Augen erfassen mich für einen kurzen Moment, bannen mich, und dann lächelt John. Die kleinen Fältchen, die dabei entstehen, finde ich sehr faszinierend. Eine Hand verlässt das Lenkrad und er verschränkt unsere Finger miteinander. Er drückt meine Hand und die Wärme seiner Haut macht mir Mut.

»Ich komme mir dumm vor, wenn ich morgen wieder im Büro auftauche. Was soll ich den Mädels sagen?«

»Du sagst ihnen, dass du mir nicht widerstehen konntest und mir hoffnungslos verfallen bist. Etwas anderes kommt gar nicht in Betracht.«

Im ersten Augenblick denke ich, er meint es ernst, doch dann lacht er entspannt und ich kann mich auch nicht zurückhalten.

»Wie konnte ich nur fragen?«, meine ich lächelnd.

»Ich kann es gar nicht abwarten, bis wir endlich zu Hause sind.« Er zieht meine Hand an seinen Mund und drückt einen Kuss auf den Handrücken.

»Ich auch nicht«, meine ich laut gähnend. »Ich hoffe, du hast ein Gästezimmer.«

Der Blick, den John mir zuwirft, ist unbezahlbar. Ich halte es gerade mal ein paar Sekunden aus, dann breche ich in lautes Lachen aus.

»Das wirst du mir büßen«, knurrt er und ich sehe auf die Wölbung in seiner Hose.

Verlangen steigt in mir auf und ich wünschte, wir wären schon zu Hause.

Eine Ewigkeit später fährt John endlich in die

Garage, die unter dem Haus liegt. Dort steht auch der Rover, mit dem er sonst zur Arbeit fährt und Lennox in der vorinstallierten Box transportiert. Er nimmt mein Gepäck in eine Hand, mit der anderen ergreift er meinen Arm und führt mich zum Fahrstuhl.

In der Wohnung bringt er mein Gepäck direkt ins Schlafzimmer.

»Ich werde morgen etwas Platz für dich freiräumen«, meint John, während er sich von seinem Anzug befreit.

»Das ist nicht nötig, noch habe ich ja eine Wohnung.«

Johns Gesicht verdunkelt sich. »Nein, Alisa. Du wirst bei mir einziehen. Ich habe dir gesagt, dass ich dich liebe, und ich möchte, dass wir uns zusammen ein Leben aufbauen. Dazu gehört auch, dass wir gemeinsam hier wohnen. Bitte, bleib bei mir.«

Sein Blick ist so flehend, dass ich nicht anders kann, als zu nicken.

»Danke«, murmelt er und umschließt mich mit seinen Armen. Ich lege meine Hände auf seine Hüften, ziehe ihn näher zu mir und spüre seine Erregung.

»Ich will dich so sehr«, murmelt er in mein

Haar. Ich schaue auf den Nachttisch und sehe dort meine Halsfessel liegen. Sachte mache ich mich los, nehme das Band und reiche es John. »Bitte, leg es mir an.«

»Nein, Alisa. Nicht heute.«

»Doch, ich möchte es. Ich brauche es.« Ich wende ihm meinen Rücken zu und ziehe meine Bluse aus, öffne den Rock und streife auch diesen ab, dann hebe ich mein Haar an, sodass John mir die Fessel um den Hals legen und hinten verschließen kann.

»Du siehst wunderschön damit aus«, murmelt er und küsst die weiche Stelle unterhalb meines Ohres.

Seine Hände wandern meine Hüften hinunter, zu den Oberschenkeln, streicheln meine Haut und fahren den Bund des Strings entlang.

»Hm, weiße Spitze. So unschuldig. Ich liebe diese Farbe an dir, aber trotzdem musst du dich davon verabschieden.«

Ich hole schnappend Luft, weil ich Angst um meine teuren Dessous habe, doch John ist ganz vorsichtig, streift mir den String ab, damit ich mit den Füßen heraustreten kann. Er öffnet meinen BH, legt beide Teile zur Seite. Ich höre, wie er seine Hose abstreift, das Hemd über den Kopf zieht. Sekunden später drückt er seinen nackten

Körper gegen mich. Seine Erektion spüre ich an meinem Po, fühle wie er sich langsam an mir reibt.

»Ich werde immer auf dich achtgeben und dich beschützen. Du bist mein wertvollster Besitz. Vertraust du mir?«

Ohne zu zögern, bejahe ich seine Frage.

Ich höre, wie er den begehbaren Kleiderschrank öffnet und kurz darauf wieder schließt. Plötzlich wird meine Welt dunkel. Er legt mir ein Tuch über die Augen, das seinen Duft trägt. Ich atme erregt aus, weil ich nicht weiß, was auf mich zukommt.

»Du brauchst keine Angst zu haben, ich werde dich niemals verletzen. Hörst du, hab keine Angst vor mir.«

Erleichtert atme ich aus. Ich vertraue John. Er wandert um mich herum und ich höre ein leises Klimpern. »Ich habe hier etwas sehr Schönes für dich. Nur ein kleiner Schmerz, aber du wirst es genießen.«

Aua! Zweimal aua! Ohne sie zu sehen, spüre ich die Nippelklemmen an meinen Brüsten. Er hat recht, im ersten Augenblick spüre ich den Schmerz, doch wenige Sekunden später genieße ich ihn. Es tut nicht wirklich weh. Eine dritte Klemme rastet in dem Ring an meiner Halsfessel ein.

Dadurch bekommt die Kette Spannung und der Schmerz erhöht sich.

»Du solltest dich sehen, du bist wunderschön, Alisa.« Er küsst mich, führt mich zum Bett, damit ich mich darauf niederlassen kann.

»Auf alle viere«, befiehlt er und ich gehorche. »Heb deinen Kopf!«

Dadurch entsteht wieder diese Spannung und ich keuche laut auf.

»Gott, ich wünschte, ich könnte dieses wunderschöne Bild von dir festhalten.« Er spreizt meine Beine etwas auseinander, massiert meine Klit mit den Fingern. »Und so nass. Ich komme gleich, ohne in dir zu sein, mein Liebling«, stöhnt er laut auf.

Ich presse meine Lippen aufeinander, damit ich keinen Ton von mir gebe, denn ich weiß, dass ihn das erregt, ihn anfeuert, mich zu fordern.

»Magst du es fester?«

Ich nicke stumm.

»Gut, ich werde dir schon noch einen Ton entlocken können.«

Während er sich hinter mir positioniert, zieht er an meinem Haar und die Klemmen beißen in meine Nippel. »Ah!«, kommt es laut über meine Lippen.

»Ja! So ist es gut, ich will mehr von dir.«

Für einen Augenblick sind nur unsere lauten

Atemgeräusche zu hören. Sein Keuchen erfüllt den Raum, als er in mich hineingleitet und wieder ein Stück hinaus. Das Gleiche mit mehr Kraft. Er berührt meine Hüften, gibt mir Halt.

»Fester!«, flehe ich und halte mit aller Stärke dagegen. Meine Brüste wippen wie verrückt, die Klemmen verursachen eine Pein, die meine Lust ins Unendliche steigert. »Das ist fantastisch!« Meine Worte kommen als lautes Keuchen über meine Lippen.

»Das bist du, du bist fantastisch«, bestätigt John und zieht sich aus mir heraus.

Ich schnaufe enttäuscht auf.

»Warte«, ruft John.

Verdammt, ich will etwas sehen, doch ich kann nicht. Neben mir bewegt sich die Matratze und John hebt mich so überrascht an, dass ich laut aufschreie.

»Setz dich über meine Beine.«

Ich knie mich über seine Hüften, als John mir den Sichtschutz von den Augen reißt. »Ich will dir in die Augen sehen, wenn du kommst.«

Im ersten Moment muss ich blinzeln, dann sehe ich an mir herab. Eine goldene Kette ziert meinen Körper, feine Glieder, die im schwachen Licht der Nachttischlampe schimmern.

»Sieh dir an, wie wunderschön du bist. Ich habe sie extra für dich ausgesucht.«

Meine Hände berühren seine breite Brust mit den feinen Härchen. »Danke, John«, flüstere ich ergeben.

»Du weißt, wie du dich bedanken kannst. Reite mich!« Sein strenger Ton fährt mir in die Körpermitte und mein Blut schießt heiß durch meine Adern.

Ich lasse mich auf seinem erigierten Schaft nieder, bewege mich in meinem eigenen Rhythmus, lasse mein Becken kreisen.

»Ja, so ist es gut!«, stöhnt er laut auf.

Ich lege meinen Kopf in den Nacken, was die Nippelklemmen wieder ins Spiel bringt. Laut seufze ich auf.

»Himmel, Alisa, du bist wunderschön. Zeig mir mehr von dir.« Er ist so fordernd.

Ich halte in meiner Bewegung inne, rutsche ein wenig vor, damit ich mich weiter nach hinten lehnen kann. Der Druck der Klemmen ist nun fast unerträglich und ich keuche laut auf.

»Ja, so ist es gut!« John belohnt mich, indem er mit dem Daumen meine Klit massiert.

»Mehr!«, rufe ich aufgeregt und bewege mich schneller. »Fester! Gib mir mehr.«

Er greift in die Kette, zieht daran. Der Schmerz explodiert in meinem Kopf und ich komme mit einem markerschütternden Schrei. Erst einige Sekunden später höre ich, dass auch John seinen Höhepunkt laut herausbrüllt. Ich breche zusammen und Johns Arme umschließen mich fest, als wolle er mich nie wieder loslassen.

KAPITEL 17

Es ist schon spät und ich sollte mich für die Arbeit fertig machen, doch ich will mich nicht rühren. Johns Arme umschlingen mich, als wolle er mich nie wieder loslassen.

»John, wir müssen aufstehen.«

»Warum?«, fragt er schläfrig und ich bin mir sicher, dass er nicht mal richtig wach ist.

»Wir müssen ins Büro«, meine ich leise.

»Ich will nicht.« Er zieht mich fester in seine Arme, obwohl das kaum noch möglich ist.

»Wir können nicht den ganzen Tag im Bett verbringen.« Ich bin mal wieder die Stimme der Vernunft.

»Doch, können wir.« Er hört sich an wie ein

kleiner Junge. »Wir werden dieses Zimmer einfach nicht mehr verlassen. Dann kann uns niemand etwas antun.« Seine Stimme klingt merkwürdig in meinen Ohren.

»Wer will uns denn etwas antun?«, frage ich neugierig nach.

Er zögert eine Sekunde zu lange. »Niemand. Es war nur so eine Redewendung.«

Ich hebe den Kopf, schaue ihm in die Augen und sehe, dass er lügt. Auch wenn wir erst seit Kurzem zusammen sind, ich kenne John weit mehr als drei Jahre. Jede Bewegung, jede Regung ist mir vertraut. Und wenn er lügt, rieche ich das eine Meile gegen den Wind. Doch ich belasse es dabei. John wird seinen Grund haben, mich im Unklaren zu lassen. Ich küsse seine Mundwinkel und will mich erheben, doch John lässt mich nicht gehen.

»Ich liebe dich«, raunt er mir zu, dann lässt er mich los.

Ich will ins Bad, als es an der Tür klopft.

»Machst du auf? Das ist die Putzfrau!«, ruft John. »Ich habe nichts an.«

Die Vorstellung, dass seine Putzhilfe ihn ohne Kleidung erwischt, behagt mir gar nicht. Schnell öffne ich die Tür, aber niemand steht davor. Nanu! Mein Blick fällt auf den Umschlag, der zu meinen

Füßen liegt. Ich hebe ihn auf und da mein Name auf dem Kuvert steht, öffne ich ihn neugierig. Mir fällt eine Handvoll Bilder in die Finger. Verblüfft blättere ich sie durch und erstarre. Auf den Fotos sind John und ich zu erkennen, in sehr verfänglichen Situationen. Es gibt sogar ein Bild, das uns am Strand von Southend zeigt, zusammen mit Lennox. Mir fährt es eiskalt durch die Adern. Ich schließe die Wohnungstür und betrete das Schlafzimmer. John ist mittlerweile aufgestanden, trägt schon seine Anzughose, zieht gerade ein anthrazitfarbenes Hemd über, doch hält in der Bewegung inne, als er mich sieht. »Was ist los?«

Eine Sekunde starre ich ihn an. Mir geht sein Satz wieder durch den Kopf. *Dann kann uns niemand etwas antun!*

»Sag du mir, was los ist. Wer ist hinter uns her?« Ich werfe die Bilder wütend auf das Bett, sodass sie sich darauf verteilen. John schaut sie an, sein Blick kehrt aber sofort wieder zu mir zurück. Also weiß er, wovon ich spreche. Er kennt die Bilder, sein Ausdruck spricht Bände.

»Was soll das? Ich will jetzt wissen, was hier gespielt wird, und keine Lügen hören.« Mein Ton ist messerscharf und ich denke, dass John endlich begreift, wie ernst die Lage ist.

»Ich habe auch Fotos erhalten, keine Ahnung, wer sie uns schickt«, gibt er zu.

»Deshalb hast du mich aus Southend geholt? Das ist der Grund?« Meine Stimme versagt, denn binnen Sekunden begreife ich, dass seine Liebesschwüre keinen Pfifferling wert sind. Das ist alles nur Theater, um sich ... wer weiß wovor zu schützen.

»Mein Gott.« Ich sacke auf dem Bett nieder, stütze meine Unterarme auf den Knien ab und lege meinen Kopf in die Hände.

»Nein, Alisa, bitte denk so etwas nicht.« Er will mich berühren, doch ich springe auf.

»Nein! Fass mich nicht an! Ich will nicht. Halt dich in Zukunft von mir fern.« Ich bin außer mir. Als hätte ich ihn geschlagen, tritt John einen Schritt zurück, um mir einen gewissen Freiraum zu geben.

»Baby, was immer du von mir denkst, es ist falsch.« Er versucht erneut, nach mir zu greifen, doch ich schlage seine Hand weg. »Nimm deine Finger weg. Du wirst mich nie wieder berühren, hörst du! Wir sind durch.«

In Windeseile ziehe ich mich an, sammele die Fotos vom Bett auf, schnappe meine Tasche und sehe zu, dass ich aus der Wohnung komme. John versucht nicht, mich zurückzuhalten. Er schaut mir die ganze Zeit dabei zu, wie ich meine Sachen zusammensuche und ihn wortlos verlasse. Ich kann seine Nähe nicht mehr ertragen, brauche Freiraum zum Denken. John engt mich als Persönlichkeit ein, als hätte ich keinen eigenen Willen mehr. Ich muss mich befreien, um wieder klar denken zu können.

Das Taxi fährt mich durch die Londoner Straßen, zu meiner Wohnung. Ich muss in Ruhe darüber nachdenken, wer mich beobachtet. Sofort kommt ein ungutes Gefühl in mir hoch und es trägt nur einen Namen - Stuart. Doch das ist nicht möglich. Er kann nicht wissen, wo er mich findet. Außerdem lebt er mittlerweile in Manchester. Es muss jemand anderes sein. Sofort geistert das Gesicht von Sarah Webster in meinem Kopf herum. Hat sie vielleicht herausbekommen, dass ich von der Unterschlagung weiß? Will sie mich so mundtot machen?

Der Wagen hält vor dem Wohnhaus, in dem sich meine Wohnung befindet, und ich sehe zwei Polizeifahrzeuge vor dem Haus stehen. Die Haustür ist geöffnet und Menschen laufen hastig hinein und heraus.

Ich bezahle den Fahrer, schnappe mir meine

Tasche und betrete das Haus. Meine Wohnung liegt im Erdgeschoss. Die Tür steht weit auf, fremde Menschen befinden sich in den Räumen.

»Was ist hier los?«, platze ich heraus und halte den nächstbesten Mann in Uniform an.

»Sind Sie Alisa Croft?«

»Genau die bin ich.«

»Können Sie sich ausweisen?«

»Was?« Ich kann es nicht fassen, was hier abläuft.

»Ist schon gut, Smith. Ich kenne die Dame. Das ist Alisa Croft.«

Die Stimme jagt mir einen üblen Schauder über den Rücken und ich beginne unkontrolliert zu zittern. Langsam drehe ich mich um. »Stuart«, kommt es mir leise über die Lippen.

»Alisa, so sieht man sich wieder.« Er berührt meinen Oberarm und ich bin nicht in der Lage, mich zu rühren. Ich starre ihn durchdringend an, als würde ich einem Gespenst gegenüberstehen.

»Wie geht es dir?« Dann beugt er sich näher zu mir und fragt: »Hast du es ohne mich überhaupt ausgehalten? Du siehst etwas mitgenommen aus.«

»So wie es aussieht, ist es Alisa sehr gut ergangen. Ich wage zu behaupten, besser als mit Ihnen.«

Ich schließe dankbar die Augen, als ich zuerst

seine Stimme hinter mir höre, dann Johns feste Hände auf meinen Hüften spüre.

»Hallo Schatz.« John küsst mich auf die Lippen, als ich den Kopf zu ihm drehe. »Was ist hier passiert?«, will er wissen.

»Das wüsste ich selbst gerne«, meine ich laut und blicke Stuart herausfordernd an.

Jetzt nach all den Jahren Stuart Cole gegenüberzustehen, dem Mann, der mich schwer misshandelt hat, weckt überraschende Gefühle in mir. Die zuvor aufgekommene Angst ist in Johns Armen verflogen. Ich sehe nichts als einen bemitleidenswerten Mann, der sich und seine Emotionen einfach nicht im Griff hat. Ich kenne ihn genau. Seine Augen, die er auf John richtet, ihn genau ins Visier nehmen. Seine Hände, die er zu Fäusten ballt. Er sieht in John eine Konkurrenz, wie er es bei jedem Mann getan hat, als wir noch zusammen waren. John registriert es, lässt sich jedoch nicht beeindrucken. Ich würde so weit gehen, zu behaupten, dass John dieses Starrduell gewinnt, denn Stuart wendet plötzlich den Blick ab und schaut kurz in das Wohnzimmer, atmet angestrengt aus, dann fragt er John herablassend: »Und Sie sind?«

»John Fitz-James.«

»Sie sind Fitz-James?«, fragt Stuart und

Erkennen zeichnet sein Gesicht. Man sieht förmlich, dass ihm der Name bekannt ist.

»Sieht so aus.« John wirkt äußerst cool, seine Wangenknochen sind angespannt und seine Hände auf meinen Hüften halten mich so fest, dass ich Angst habe, blaue Flecken zu bekommen.

Stuart mustert ihn, sein Blick bleibt an Johns Uhr, einer Roger Dubuis - Knights of the Round Table II, hängen und er bekommt große Augen. Es ist ein Sondermodell, in dessen Ziffernblatt die Ritter der Tafelrunde mit ihren Schwertern als Miniaturen eingearbeitet sind. Ein äußerst seltenes Stück, das über zweihunderttausend Pfund Sterling gekostet hat. Ich weiß es deshalb so genau, weil ich den Auftrag erhalten hatte, John die Uhr zu besorgen.

»So wie es aussieht, laufen Ihre Geschäfte ja sehr gut.« Stuart wirft ihm jetzt ganz deutlich einen missbilligenden Blick zu. »Ihr Name ist ja über die Stadtgrenzen bekannt«, meint er und verzieht den Mund.

»Also, was ist hier los?«, will ich endlich wissen und beende dieses Kräftemessen zweier Alphas, bei dem Stuart eindeutig den Kürzeren zieht.

»Wir wurden gerufen, weil einer deiner Nachbarn einen Einbruch gemeldet hat. Als die Kollegen hier eintrafen, fanden sie die Wohnungstür offen stehend vor und deine Wohnung verwüstet. Man hat uns dann angefordert.«

»Dann arbeitest du jetzt in der Abteilung Einbruchdiebstahl?«, frage ich abschätzig.

»Nein, ich bin Detective Chief Superintendent«, erklärt er nicht ganz ohne Stolz. »Wir wurden gerufen, weil hier wohl ein Mord geschehen ist. Die ganze Wohnung ist voller Blut.«

Mir wird übel.

»Wie bitte?«, fragt John nach und schaut mich besorgt an.

»Kann ich es sehen?«, frage ich, denn ich muss wissen, was in meiner Wohnung geschehen ist.

»Nein, wir sichern noch die Spuren. Es ist keine Leiche zu finden, und da du auch lebend vor mir stehst, werden wir klären, wem das ganze Blut gehört. Du wirst dir ein Hotelzimmer nehmen müssen.«

»Alisa lebt mit mir zusammen«, erklärt John besitzergreifend.

»Wo warst du heute Morgen?«

»Bei John«, gebe ich zu.

»Letzte Nacht?«

»Ebenfalls bei John. Wir sind sehr spät aus

Southend zurückgekehrt. Bin ich etwa verdächtig?«, frage ich verstört.

»Alisa war die ganzen letzten Tage mit mir zusammen«, erklärt John.

Stuart kann nicht aufhören, ihn gereizt zu mustern. »Kann ich deine Handynummer haben, damit ich dich erreichen kann, wenn wir weitere Informationen haben?«, fragt er an mich gewandt.

»Sie können meine Nummer haben.« John kann es nicht lassen, sich einzumischen.

»Ihre Nummer will ich aber nicht. Ich will Alisa.«

Dieser Satz schnürt mir den Hals zu.

»Nun, Sie dürfen allenfalls ihre Handynummer haben, Alisa selbst ist schon vergeben.«

»Doch wohl etwa nicht an einen Gangster, wie Sie es sind?«

»Ich weiß nicht, was Sie das angeht, doch genau so ist es. Ich denke, sie ist bei einem Gangster, wie ich es bin, besser aufgehoben als bei einem prügelnden Polizisten.«

Dass die beiden sich unterhalten, als wäre ich überhaupt nicht anwesend, bringt mich wirklich auf die Palme. »Verdammt, könnt ihr jetzt mal aufhören? Das ist ja nicht zum Aushalten. Meine Wohnung sieht aus wie ein Trümmerhaufen und ihr streitet euch darum, wer den längeren Schwanz hat. Das ist mein Leben!«, rufe ich aufgebracht und wühle in meiner Tasche nach Stift und Zettel. Schnell schreibe ich die Handynummer auf und reiche ihm die Notiz.

»Danke«, nickt er, nicht ohne John noch einen vielsagenden Blick zuzuwerfen.

»Du kannst dich kurz umsehen und überprüfen, ob etwas fehlt. Du allein.« Stuart wirft John einen warnenden Blick zu und begleitet mich durch die Räume.

Meine Wohnung ist nicht groß und auf den ersten Eindruck scheint nichts zu fehlen. Aber ich kann nicht viel entdecken unter all dem Rot, das sich in den Räumen verteilt. Ich halte den Anblick nicht lange aus, verlasse auf direktem Weg die Wohnung.

»Es scheint alles an seinem Platz zu sein.«

»Gut. Wenn wir den Tatort wieder freigeben, bekommst du Bescheid.«

John kann es gar nicht abwarten, mich zu seinem Auto zu bringen. Als er mir die Tür öffnet, keilt er mich so ein, dass ich mich nicht mehr bewegen kann und ihm in die Augen blicken muss.

»Es tut mir leid«, meint er leise, zieht mich zu sich heran und küsst mich zärtlich. Ich habe keine

Ahnung, wofür er sich entschuldigt. Für sein arrogantes Auftreten? Dafür, dass er mich im Unklaren gelassen hat? Oder tut es ihm nur leid, was mit meiner Wohnung geschehen ist? Dieser Mann wird mir ein immer größeres Rätsel, je länger ich ihn kenne.

»Ich wollte dir von den Bildern erzählen«, meint er etwas hilflos.

»Wann?«, hake ich nach.

»Heute Abend. Wenn ich ein paar Informationen eingeholt habe. Bitte vertrau mir, Alisa. Ich verspreche dir, dass ich dich nicht mehr belügen werde.« Er streichelt zärtlich meine Wange. »Ich brauche dich wie die Luft zum Atmen, das weißt du.«

»Nein, ich weiß es nicht. Ich weiß eigentlich gar nichts von dir, wenn ich ehrlich bin.«

»Ich werde dir jede Frage beantworten, die du mir stellst.«

»Jede?«

»Jede, mein Liebling. Nur verlasse mich nicht. Komm zurück zu mir!«

Seine flehende Stimme macht mich atemlos. So habe ich ihn noch nie gesehen. Ich habe den Eindruck, als hinge sein Leben von mir ab. Ich schmiege mich an seinen harten Körper, sodass ich jeden Muskel unter dem dunkelblauen Anzug spüre. Die Sorgen in seinen Augen schnüren mir das Herz ab. Wie könnte ich je diesen betörenden Mann verlassen?

»Ja, ich gehöre dir«, bestätige ich murmelnd an seinen Lippen und küsse ihn verlangend. Er legt eine Hand um meine Taille und meine Arme schließen sich um seinen Nacken. Ein Kribbeln steigt meinen Körper hinauf und ich kann es nicht erwarten, bis wir endlich wieder allein sind. Sachte beißt er mir in die Lippe, leckt dann darüber. »Du machst mich süchtig nach dir«, raunt er mir zu und ich muss lächeln, selbst wenn meine Welt durch ein Erdbeben erschüttert wurde. Ich blicke zurück zu meiner Wohnung und sehe Stuart, der uns durch das Fenster beobachtet.

»Bring mich von hier weg«, meine ich zittrig und John nickt zustimmend. »Nur zu gern.«

Ich lasse Alisa nur ungern allein, zumindest ist sie in meiner Wohnung sicherer als in dem Schuhkarton, den sie ihr Zuhause nennt. Ich muss mich beeilen, damit ich so schnell wie möglich zu ihr zurückkehren kann, doch die Informationen, die ich benötige, sind wichtig, um Alisa zu schützen.

An der Hintertür zum *My Mind* empfängt mich Angus.

»Hi, Chef. Wie geht es dir?«

»Angus, ich brauche Informationen. Ist das Büro frei? Können wir uns dort unterhalten?«

Angus nickt. »Sarah ist noch nicht da.«

Ich schaue auf meine Uhr. Es ist noch früh, der

Club öffnet erst um einundzwanzig Uhr, das übrige Personal kommt frühestens in einer Stunde.

Wir steuern das Büro an und ich bitte Angus, die Tür hinter uns zu schließen. Ich setze mich auf die Kante des Schreibtisches, während Angus sich mit verschränkten Armen an die Wand lehnt. Er ist ein gut aussehender Bursche, fünfundzwanzig, muskulös, mit langem blondem Haar, das er meistens zu einem Zopf gebunden trägt. Er ist fast so groß wie ich, also muss er über einen Meter fünfundachtzig sein. Wenn ich daran denke, dass Alisa fast mit ihm im Bett gelandet wäre, muss ich mich zusammenreißen, um meine Eifersucht unter Kontrolle zu bekommen. Doch Angus ist einer der Jungs, die gerne und oft über unsere Website für eine Nacht gebucht werden. Er ist ein Callboy, doch er ist auch ein Mann, auf den ich mich verlassen kann.

Ich reiche ihm die Bilder, die Alisa und ich bekommen haben. Er schaut sie oberflächlich durch, dann blickt er mich mit einer hochgezogenen Augenbraue an. »Erpressung?«

»Nein, eher eine Bedrohung. Das ist die Frau, die ich liebe. Wir haben unabhängig voneinander diese Fotos bekommen. Ich habe einen Hinweis erhalten, dass ich die Finger von ihr lassen soll.«

»Irgendeine Idee, wer der Schweinehund sein könnte?« Angus reicht mir die Bilder zurück.

»Nein, aber ich habe einen Verdacht. Ich möchte, dass du jemanden für mich im Auge behältst. Es ist etwas heikel, darum bitte ich dich nicht gerne darum, aber es gibt niemanden, dem ich mehr vertraue als dir.«

»Spuck's schon aus.«

»Es geht um einen Polizisten, mit dem Alisa früher einmal liiert war. Es geht um Detective Chief Superintendent Stuart Cole.«

»Cole? War der früher nicht mal bei der Sitte?«

»Möglich. Das sollst du herausbekommen. Beobachte ihn, wir müssen in Erfahrung bringen, ob er Alisa stalkt. Kriegst du das hin?«

Angus nickt. »Klar. Ich werde ein paar Anrufe erledigen, um etwas zu seiner Person herauszubekommen. Ich kenne da genau die richtigen Leute.«

»Das ist aber noch nicht alles. Alisa hat aufgedeckt, dass hier im *My Mind* Gelder unterschlagen werden. Ich kann nur hoffen, dass es nur diesen Club betrifft. Das *Danceline* und die Casinos werde ich später überprüfen. Doch ich will wissen, wer dahintersteckt.«

»Hast du einen konkreten Verdacht?«

»Wem würdest du es zutrauen?«

»Wenn du mich so fragst, tippe ich auf Sarah. Ich will sie nicht vorverurteilen, doch sie steckt ständig mit Will zusammen. Er ist der Kassierer und damit der Mann, den man in seinem Team braucht, um die Einnahmen zu frisieren. Da solltest du ansetzen.«

Wenn Angus keine Buchung hat, arbeitet er für mich als Leiter der Security im Club. Er hat seine Augen überall.

»Danke. Ich werde die beiden im Blick behalten. Aber an erster Stelle steht Alisa. Wir müssen sie schützen.«

»Arbeitet sie nicht für dich? Ich glaube, ich habe sie schon mal gesehen.«

»Ja«, gebe ich unumwunden zu. »Sie ist meine Assistentin.«

Grinsend stößt er sich von der Wand ab und versenkt die Hände in den Vordertaschen seiner Jeans. »Ich dachte, du knallst keine Angestellten. Die wären für dich tabu.«

Ich erhebe mich von meinem Platz und blicke ihn grinsend an. »Alisa ist anders. Ich liebe sie. Sie ist die Frau, auf die ich immer gewartet habe. Sie ist etwas ganz Besonderes. Ich werde sie, wenn es sein muss, mit meinem Leben beschützen.«

»Sie sieht umwerfend aus. Da könnte ich auch

nur schwer widerstehen.« Er grinst mich ebenfalls an. Wenn er wüsste, wie nah er daran war, sie kennenzulernen, würde er mich vermutlich dafür verfluchen, dass ich ihm diesen Job streitig gemacht habe. Daher halte ich lieber meine Klappe.

Als ich die Wohnung betrete, empfängt mich ein wunderbarer Duft. Alisa hat gekocht, anders kann ich es mir nicht erklären. Ich steuere die Küche an und dort steht sie, mit dem Rücken zu mir. Sie trägt ein durchsichtiges Shirt mit Fledermausärmeln und einem U-Boot-Ausschnitt, der auf der linken Seite über ihre Schulter gerutscht ist, sodass es den Blick auf ihre nackte Haut freigibt. Sofort schießt mein Blut in die Körpermitte und stellt dort verrückte Dinge mit mir an. Ich will sie haben, jetzt sofort!

Sie wendet den Kopf und lächelt mich an. »Du hast den Kühlschrank aufgefüllt, da dachte ich, ich überrasche dich mit einem Essen.«

Ich stehe wie erstarrt und schaue sie an. »Ja, ich habe die Putzfrau gebeten, die Vorräte aufzufüllen.« Mehr bringe ich nicht über die Lippen. Sie sieht wie ein Engel aus. Ihr rotes Haar leuchtet, die grauen Augen schimmern verführerisch und dieses Bild wird mir wohl nie wieder aus dem Kopf gehen. Alisa sieht aus, als gehöre sie hierher. In diese Küche, in meine Wohnung, zu mir. Mein Blick wandert tiefer und jetzt sehe ich, dass sie keinen BH trägt. Der Stoff des weißen Shirts ist so durchsichtig, dass ich ihre dunklen Nippel erahnen kann, die sich aufgerichtet haben. Ihre runden, festen Brüste zeichnen sich deutlich ab und meine Erektion scheint meine Hose sprengen zu wollen. Als ich sehe, dass sie die Halsfessel trägt, drehe ich förmlich durch.

»Das Essen ist in einer Minute fertig«, meint sie und wendet sich um, reckt sich, um die Dunstabzugshaube auszuschalten. Dabei sehe ich, dass sie kein Höschen trägt.

Scheiß auf das Essen!

Mit wenigen Schritten bin ich bei ihr und reiße sie in meine Arme, küsse sie gierig.

»Du solltest mehr am Körper tragen, wenn ich nach Hause komme, Babe«, knurre ich an ihren Lippen. »Ich hoffe, das Essen kann man später warm machen, denn zuerst werde ich dich jetzt auffressen.« Diese Stimme kann unmöglich mir gehören. Ich bekomme kaum Luft, so sehr will ich sie.

»Du hörst dich an wie der große, böse Wolf.«

Sie legt eine Hand auf meine Brust und ich knurre wild. Ein Lächeln legt sich um ihren Mund und sie sieht so wunderschön aus. Mein Gott, wie ich diese Frau liebe.

Ohne Vorwarnung hebe ich sie auf meine Arme und will sie aus der Küche tragen, doch sie hält mich auf. »Warte, der Herd. Wir müssen ihn ausschalten.« Sie zieht die große Pfanne von der Herdplatte und schaltet ihn aus. Dann trage ich sie auf dem direkten Weg in das Schlafzimmer und lade sie auf dem Bett ab.

»Verdammt, du trägst noch nicht mal einen Slip«, murmele ich dunkel.

»Ich habe gerade geduscht und mir war so warm«, meint sie in einem unschuldigen Ton, doch ihre Augen sprechen eine ganz andere Sprache.

»Verdammt, Alisa! Du willst mich töten!« Ich reiße mir meine Kleidung vom Körper, während sie mit der Fingerspitze die Halsfessel entlangfährt. Das macht sie aus Berechnung, ich weiß es. Ihr ist bewusst, wie provokant dieser Anblick ist. Als ich nur noch meine engen Shorts trage, hält sie mich auf.

»Warte. Ich mache das.«

Sie steht auf und zieht mir dieses letzte Teil langsam aus. Mein erigierter Schaft springt ihr entgegen, als hätte er nur darauf gewartet, befreit zu werden.

»Setz dich bitte«, sagt sie leise und drückt mich auf den Rand des Bettes nieder. Ich gehorche, wie ein Lakai, weil ich nicht imstande bin, ihr zu widersprechen. Ich bin dieser Frau total ausgeliefert und das hat noch kein weibliches Wesen in meinem Leben bei mir bewirkt.

Sie kniet sich vor mir auf den Boden, schaut mich entschuldigend an. Ganz sachte spreizt sie meine Beine, damit sie mehr Platz hat.

»Darf ich?«, fragt sie unterwürfig und blickt danach zu Boden.

Gott, wie könnte da jemand Nein sagen - wie könnte ich je Nein sagen?

»Ja«, krächze ich, weil ich selbst meine Stimmbänder nicht mehr unter Kontrolle habe. Sie ist die pure Verlockung, und wieder schüttele ich innerlich den Kopf über mich, wie ich dieses bezaubernde Wesen nur drei Jahre lang übersehen konnte.

Sie beugt sich leicht vor, nimmt meine Männlichkeit in die Hand, reibt sachte und verteilt kleine Küsse darauf.

»Du fühlst dich so weich und zart an, und doch so hart.« Sie flüstert und ihr Atem gleitet wie ein Hauch über meine Haut. Ich stemme meine Fäuste auf das Bett, lege mich ein wenig zurück, atme angestrengt aus. Himmel, ihre Berührung bringt mich an den dunklen Rand der Selbstbeherrschung. Ihre Zunge berührt die Spitze, wo sich ein milchiger Lusttropfen gebildet hat, nimmt ihn auf. Dabei schaut sie mir in die Augen und das Blut in meinem Körper kocht. Das große Shirt gibt mir den Ausblick auf ihre Brüste frei, wenn sie sich vorbeugt. Ihre harten Nippel sind dunkel, und ich kann es gar nicht abwarten, bis ich sie mit meinem Mund verwöhnen kann. Dieses Bild ist erotischer, als würde sie nackt vor mir sitzen. Diese Frau ist Sex auf zwei Beinen und sie gehört mir.

Immer tiefer gleitet mein Schwanz in ihren Mund und ihre Zunge verwöhnt mich mit kleinen Schlägen, die meinen Puls zum rasen bringt. Wenn ich nicht aufpasse, komme ich unkontrolliert, doch ich will jetzt noch nicht kommen, es ist viel zu früh. Ich will mehr von ihr.

Ich gleite aus ihrem Mund, doch sie lässt mich nicht gehen. Mit der Zunge fährt sie jede Ader nach, reibt sie in jede Vertiefung. Meine Haut ist gespannt, ich atme nur noch stoßweise.

»Lass dich gehen. Gib die Kontrolle ab«, flüstert sie und bearbeitet mich weiter.

»Ich kann nicht«, raune ich ihr zu. Nein, ich

kann die Kontrolle nicht abgeben. Was passiert mit mir, wenn ich es tue?

»Doch, du kannst«, wispert sie leise lockend. »Vertrau mir, ich werde auf dich achtgeben, dich beschützen und dir den Himmel auf Erden zeigen.«

Holy Shit!

Ich will genau dies alles, was sie mir verspricht. Doch so ganz kann ich nicht über meinen Schatten springen. Ich habe noch nie die Kontrolle abgegeben, das ist einfach nicht mein Ding, doch wenn ich Alisa in die Augen blicke, scheint es im Bereich des Machbaren zu liegen.

»Ich weiß, dass du es kannst. Du musst mir nur vertrauen.«

Sie lässt von mir ab und ihre Hände massieren meine Oberschenkel, dann drückt sie meinen Oberkörper auf das Bett, sodass ich auf den Rücken falle.

»Höher«, befiehlt sie mit sanfter Stimme. Nichts an ihr ist dominant, trotzdem folge ich ihren Befehlen, als wäre es ein Gottesgebot.

Dieser endlose Zustand der Erregung, ohne Aussicht auf Erlösung, macht mich trunken. Die qualvolle Wartezeit, bis sich unsere Leiber wieder berühren, ist kaum zu ertragen.

»Komm zu mir, Baby!«, stöhne ich und strecke meine Hände verlangend nach ihr aus.

»Nichts lieber als das«, erwidert sie mit vor Lust rauer Stimme.

Sie zieht das Shirt über ihren Kopf und ist endlich nackt. Dann kriecht sie auf das Bett, wie eine kleine Raubkatze schleicht sie sich an mich heran, gleitet über meinen Körper und setzt sich rittlings über meine Hüfte.

Mit ihren Fingerspitzen fährt sie über meinen Bauch, verfolgt die Konturen des Sixpacks, und ich erschauere.

»Schließ die Augen und lass los. Genieße nur die Berührung.« Ihr Wunsch ist mir Befehl. Sobald ich die Augen geschlossen habe, sehe ich nur ein Bild vor mir: Alisa, kniend vor mir auf dem Boden, mit meinem Schwanz in ihrem Mund!

Sofort öffne ich die Augen wieder. Nur eine Sekunde länger, und ich wäre gekommen.

»Ich kann nicht.« Meine Worte drücken die Verzweiflung aus, die ich tief in mir spüre.

»Du kannst, versuche es. Schalte deinen Kopf aus, lass dich treiben. Hör auf zu denken, ergib dich dem Gefühl.« Ihr flüsternder Ton lullt mich ein und ich lege einen Arm über meine Augen. Ich will es versuchen, für Alisa.

Sie bewegt sich ein Stück auf mich zu, dann spüre ich, wie sie sich langsam auf meinen Schaft niederlässt. Vorsichtig dringe ich in sie sein. Ihre engen Wände schließen sich sofort gierig um mich, ziehen mich weiter in sie hinein. Flammend heiß spüre ich ihre Haut, sie scheint mich zu verbrennen. Das Feuer breitet sich in meinem ganzen Körper aus, schießt durch meine Adern, das ist es, was mich süchtig nach ihr macht. Sie bewegt sich langsam, intensiviert den Druck. Ich komme ihr mit festen Stößen entgegen, meine Muskeln spannen sich an, als wollten sie protestieren, den Orgasmus noch nicht zulassen.

»Du fühlst dich so gut an«, rufe ich laut. Ich will mehr von ihr, alles, mustere ihr Gesicht. Ihre Züge sind angespannt, doch als sich unsere Blicke treffen, lächelt sie und ich bin im Himmel. Sie ist so perfekt eng, dass ich dem Höhepunkt nichts mehr entgegenzusetzen habe. Sie reitet mich immer wilder, ihr wunderschöner Körper glänzt im Licht der untergehenden Sonne, ich spüre die Magie, die uns erfasst. Sie zittert und auch ich verliere die Kontrolle über meinen Körper. Ich befreie mich von meinen Gedanken, es gibt nur noch ein Gefühl: Liebe! Sie schreit mir aus allein Poren, ich lasse mich fallen, so wie sie es befohlen hat. Sie ist die

Frau, die mich beherrscht, der ich hörig bin, der mein Herz gehört.

Ich schreie laut ihren Namen, als mich die unbarmherzige Welle der Erkenntnis erfasst. Ich liebe diese Frau. Mein warmer Samen strömt aus mir heraus, benetzt ihr Inneres, das heiß wie die Hölle brennt, und doch will ich nie mehr etwas anderes spüren. Ich habe das gefunden, was ich lebenslang gesucht habe. Eine Welle der Lust, von deren Existenz ich bisher nichts geahnt habe, fegt über mich hinweg, zerrt mich mit zu dem Abgrund, bis ein Schauer mich hinunterreißt, in die Tiefe meiner Seele, wo sie auf mich wartet und mir die Erlösung schenkt. Meine ganz private Hölle tut sich auf und ich brenne für diese Frau!

KAPITEL 19

»Ich liebe dich«, flüstert John mir ins Ohr. Ich liege immer noch auf seiner Brust, wo ich nach meinem gigantischen Orgasmus zusammengebrochen bin. Es war so eine tiefe Erfahrung, dass ich einige Minuten brauchte, um mich zu sammeln. Er hat mir alles abverlangt, ich habe ihm alles gegeben. Doch er hat mich belohnt. John hat mir die Führung überlassen, sich in meine Hände begeben. Das ist mehr, als ich je erwartet hätte. Und sein Liebesgeständnis wird mir erst in diesem Augenblick klar.

Ich schaue zu ihm auf, lege mein Kinn auf meinen Handrücken, die Hand flach auf seiner Brust. »Meinst du das ernst?«, frage ich leise nach.

Er hat die Augen geschlossen, doch jetzt blickt er mich an und ich sehe die Wahrheit darin, als er antwortet: »Ja, so wahr ich hier liege. Ich liebe dich wie wahnsinnig.«

Das tiefe Brummen in seiner Brust, wenn er spricht, fährt durch meinen Körper und in diesem Moment ist es der schönste Ort der Welt.

»Ich liebe dich auch. Schon so lange«, gestehe ich und werde rot. Meine Wangen glühen. Aber ich will, dass er es weiß, egal, was aus uns wird. »Ich habe niemals einen Mann so sehr geliebt. Alles andere verblasst daneben, als wäre es nur eine Schwärmerei gewesen. Diese tiefe Regung, die sich in meiner Brust aufbaut, wenn ich nur an dich denke, macht mich zu einer willenlosen Irren. Aber ich liebe dieses Gefühl, fast so sehr wie dich.«

Er kämmt mir mein wirres Haar aus dem Gesicht. »Du bist wundervoll, weißt du das? Nein, du kannst es nicht wissen. Dafür bist du viel zu selbstlos und bescheiden.«

Einen Augenblick schaue ich ihn zweifelnd an. »Ich kenne dich nun schon drei Jahre und weiß doch nichts von dir.«

Er breitet die Arme aus. »Was willst du wissen?«

»Woher kommst du?«

»Ich bin in der Nähe der Docks aufgewachsen, mein Vater hat dort sein Leben lang geschuftet. Ich wollte uns da herausholen.«

»Wo war deine Mum?«

»Sie ist nach meiner Geburt abgehauen und hat mich bei meinem Dad gelassen. Er war ein harter Kerl mit einem weichen Herz. Wir kamen gut klar. Er hat mir die Schule und das Studium ermöglicht. Kurz nachdem ich meine erste Million verdient habe, ist er an Lungenkrebs gestorben. Er hätte das verfluchte Rauchen aufgeben sollen.«

»Und ... hast du deine Mum je wiedergesehen?«

Er überlegt einen Augenblick und ich sehe ihm an, wie sehr er mit sich kämpft. »Nein, ich habe sie nie kennengelernt. Sie hat mich verlassen, was sollte das noch bringen. Sie war eine Nutte, hat ihren Körper an jeden verkauft, der ihr Geld dafür geboten hat. Auch mein Vater hat sie bezahlt. Ich bin mir noch nicht einmal sicher, ob er wirklich mein Dad war, er sah mir überhaupt nicht ähnlich, doch ich bin ihr dankbar, dass sie ihn als meinen Vater ausgesucht hat. Er war ein guter Kerl.«

»Wie bist du zu deinem ersten Club gekommen?«

»Ich habe abends nach der Arbeit auf den Docks

als Barkeeper gearbeitet. In einer dieser Bars gab es in den Hinterzimmern immer illegale Pokerrunden. Ich habe gesehen, wie einer falsch spielte und Berry Inox über den Tisch ziehen wollte. Es ging um fünf Millionen Pfund.«

»Bad Berry?«, frage ich überrascht. Er war vor ungefähr zehn Jahren eine große Nummer in der Stadt. Sein Gesicht kannte jedes Kind. Er war so was wie der Pate von London. Ein Geldverleiher, Casinobesitzer, und man sagte ihm Drogengeschäfte nach, die aber nie jemand beweisen konnte. Er war ein Bad Boy, bis er auf offener Straße erschossen wurde.

»Ja, ich habe ihm einen Tipp gegeben und wurde zu Berrys rechter Hand. Ich habe ihn beschützt, viele Geschäfte für ihn erledigt. Bis ich die Nase voll hatte. Berry wollte mich nicht gehen lassen, doch dann wurde er erschossen. Er hat mir einen Club und zwei Bars vererbt, kaum zu glauben, der alte Schweinehund. Wer hätte das gedacht. Er hat in mir immer einen Sohn gesehen, den er nie hatte.«

»Hast du noch Kontakt zu den Leuten von damals?« Meine Stimme zittert ein wenig bei dieser Frage und ich hoffe, dass John es nicht bemerkt.

»Nein, ich habe mich von allen abgewandt. Außer ein paar guten Kontakten verbindet mich nichts mit Berry und seiner Welt. Ich habe mit Drogen nichts am Hut, außer wenn es um dich geht.« Er grinst und spielt mit einer meiner Haarsträhnen.

»Dann stimmt es also, dass Berry ein Drogenhändler war?«

John nickt leicht.

»Hast du ...?« Ich beiße mir auf die Unterlippe.

»Nein.« Er schüttelt vehement den Kopf. »Du bist meine einzige Droge, die ich in meinem Leben konsumiert habe. Aber ich werde von dir wohl nicht mehr loskommen.«

»Nie wieder?«, frage ich ein wenig atemlos.

»Niemals mehr.«

Sein Handy reißt uns aus diesem Moment der tiefen Zuneigung. Ich stehe auf, ziehe mein Shirt über und gehe in die Küche. Jetzt muss ich unbedingt etwas essen, denn mein Magen knurrt wie verrückt und ich will John in Ruhe telefonieren lassen. Doch weit gefehlt, John folgt mir in die Küche. Seine aufgeregte Stimme lässt mich aufhorchen.

»Was? Dieser Mistkerl, nein, ich komme nicht. Sarah soll sich darum kümmern. Ich kann nur hoffen, dass er nichts findet. Sind die Leute sauber? Wenn nicht, wird Sarahs Kopf rollen. Verdammt, kriegt das in den Griff.«

John klappt sein Handy zu und wirft es wütend auf den Tresen.

»Was ist passiert?«, frage ich, während das Essen in der Pfanne warm wird.

»Es hat im *My Mind* eine Razzia gegeben. Angeblich sollen dort Drogen vom Personal an die Gäste verkauft werden.«

»Das ist Stuarts Werk.«

John fährt sich genervt durch das Haar und nickt. »Ja, sieht ganz so aus.«

»Werden dort Drogen verkauft?« Ich blicke ihn aufmerksam an. Sollte es so sein, weiß ich nicht, wie ich reagieren werde, aber Drogen sind für mich ein No-Go.

»Nein«, ist seine spontane Antwort, doch dann schiebt er nach: »Zumindest nicht mit meiner Erlaubnis. Ich kann nur hoffen, dass die Polizei nichts finden wird.«

Die Chance ist sehr gering. Der Club ist um diese Uhrzeit brechend voll. Irgendein Gast wird bestimmt etwas dabeihaben, was das *My Mind* in Verruf bringen kann.

»Möchtest du hinfahren, ich meine, das Essen kann ich auch später aufwärmen.«

»Nein.« John holt zwei Teller aus dem Schrank. »Wenn mir dieser Stuart jetzt über den Weg läuft, kann ich für nichts garantieren.«

KAPITEL 20

Im Büro herrscht am nächsten Morgen aufgeladene Stimmung. Die Gespräche verstummen, als John und ich das Büro Hand in Hand betreten. Ich wollte diesen offenkundigen Beweis unserer Liebe nicht, doch John lässt sich nicht beirren.

»Ich liebe dich und das soll jeder sehen«, meinte er, als er mir aus dem Auto half und meine Hand nahm.

»Guten Morgen, Mister Fitz-James. Hallo Alisa«, begrüßt Unity uns und schaut erstaunt auf unsere ineinander verschränkten Finger. »Ähm, Miss Webster wartet in Ihrem Büro.«

Ich will zu meinem Schreibtisch, doch John lässt mich nicht gehen. »Komm mit«, bittet er mich.

Sarah Webster gegenüberzutreten ich das Letzte, was ich an diesem Morgen möchte.

»Sprich du allein mit ihr«, raune ich ihm zu.

»Nein, ich will dich dabeihaben.«

Ich werfe den Mädels einen unsicheren Blick zu, die mich neugierig beobachten. »Ich komme in einer Minute nach.«

Er schaut mich überrascht an, dann huscht ein Lächeln über seine Lippen und er beugt sich zu mir herunter, küsst mich. Es ist kein einfacher kleiner Kuss, sondern einer, der sich gewaschen hat.

»Ich hole dich, wenn du nicht in einer Minute nachkommst«, flüstert er an meinen Lippen, dann lächelt er den Mädels zu und läuft mit großen Schritten in sein Büro.

»Er hat gelächelt«, stellt Pansy fest und die Überraschung ist aus ihren Worten herauszuhören.

»Wow! Hast du dieses Lächeln gesehen? Das hat er noch nie getan. Was hast du mit ihm gemacht?«, fragt Ivy neugierig.

Ich stehe meinen Freundinnen gegenüber und hebe die Schultern. »Ich habe keine Ahnung«, gebe ich zu.

»Tja, vielleicht hast du ihm ja wieder mit einer Kündigung gedroht«, meint Unity.

Ich drehe mich zu ihr um und sehe ihr zorniges Gesicht. Etwas stimmt nicht mit ihr.

»Hallo Unity. Was ist los?«, frage ich sie überrascht.

»Keine Ahnung, sag du es mir. Ich dachte, du hättest gekündigt.« Ihr Blick ist nicht gerade freundlich.

»Na, und jetzt ist sie wieder da. Was soll das denn?«, fragt Ivy an Unity gewandt. »Ich bin jedenfalls froh, dass Alisa wieder zurück ist. Und wie es scheint, nicht nur ich, sondern der Boss auch.«

Ich stelle meine Handtasche unter dem Schreibtisch ab und lasse Unity mit ihrer schlechten Laune einfach stehen, wende mich Johns Büro zu. Ohne anzuklopfen, öffne ich die Tür und betrete das Büro.

»Guten Morgen, Miss Webster«, meine ich geschäftsmäßig und bin heilfroh, dass sie in dem Besucherstuhl vor Johns Schreibtisch sitzt, während er dahinter Platz genommen hat.

»Hallo, Miss Croft. Können wir Ihnen irgendwie helfen?«, fragt sie mich herablassend.

»Nicht dass ich wüsste«, meine ich und wende mich John zu, der mich zu sich winkt.

»Hi, mein Schatz«, meint er, zieht mich zu sich und drückt mir einen kleinen Kuss auf die Lippen, dann platziert er mich auf seinem Schoß.

»Seid ihr etwa zusammen?«, fragt sie völlig fassungslos.

»Wie sieht das denn hier aus?«, fragt John gereizt. »Im Übrigen wüsste ich nicht, was es dich angeht.«

»Aber ich dachte ...« Sie verstummt und schlägt ihre Beine übereinander, sodass ihr kurzer Rock noch einen Zentimeter höher rutscht.

»Was dachtest du? Dass ich nichts mit meinen Angestellten anfange? Nun, das mit Alisa liegt anders. Sie ist keine Affäre, sondern die Frau, die ich liebe.«

»Hast du etwa schon wieder vor zu heiraten?«

Sarahs Stimme nimmt eine ungeahnte Höhe an.

»Ich habe Alisa zwar noch nicht gefragt, aber der Gedanke ist nicht ganz abwegig.« John schaut mich an und zwinkert mir zu.

Zwar ist mir die ganze Situation ziemlich unangenehm, doch ich würde lügen, würde ich behaupten, dass mir ihr überraschter Ausdruck gefällt.

»Also, wurde etwas im Club gefunden?«, fragt John streng.

»Natürlich nicht. Sie haben die Personalien

kontrolliert, überprüft, ob die Angestellten alle angemeldet sind, das Übliche eben.«

»Hat dieser Cole etwas gesagt?« John legt seinen Arm um meine Hüfte, drückt mich enger an sich.

»Er hat nach dir gefragt, aber ich habe ihm erklärt, dass ich die Geschäftsführerin bin. Er hat mich ziemlich angemacht, dieser Scheißkerl.«

»Genau das ist er. Du solltest dich von ihm fernhalten«, bestätigt John.

In diesem Moment klingelt mein Handy und ich ziehe es aus der Hosentasche, schalte es stumm und lege es auf Johns Schreibtisch.

»Diese Razzia hat nichts mit dem Club zu tun, sondern es ging gegen mich. Der Club öffnet heute Abend wieder. Alles geht seinen gewohnten Gang.«

Sarah nickt und beachtet mich nicht. Sie will sich schon erheben, da hebt John die Hand. »Warte bitte. Ich muss mit dir noch etwas anderes besprechen. Alisa ist aufgefallen, dass die Tageseinnahmen frisiert werden. Was hast du dazu zu sagen?«

Ich will mich erheben, doch John gibt nicht nach, hält mich fest. »Bleib bei mir«, raunt er mir sehr leise zu und ich nicke.

Sarah scheint sich ein wenig auf ihrem Stuhl zu winden. »Ich ... also ich weiß nichts darüber.«

»Wieso glaube ich dir nicht?«

»Ich lüge dich nicht an.«

»Ich weiß aus sicherer Quelle, dass du mit Will unter einer Decke steckst. Ihr beide zweigt jeden Abend dreitausend Pfund ab. Ich habe hier ein Foto, das dich zeigt, wie du Wills Haus verlässt.« John ruft auf seinem Handy ein Foto auf und hält es ihr hin.

»Lässt du mich etwa überwachen?«, ruft sie hysterisch.

»Ich muss wissen, wem ich vertrauen kann. Dir kann ich es wohl nicht.« John ist aufs Äußerste gereizt und ich winde mich aus seinen Armen. Er lässt mich frei und ich setze mich auf den anderen Besucherstuhl Sarah gegenüber und schaue sie misstrauisch an.

»Das ist alles absurd. Du hast keine Beweise«, meint Sarah aufgebracht.

»Doch, haben wir«, mische ich mich jetzt ein. »Wir haben die Einlasszahlen der letzten drei Jahre, aus denen haben wir eine Statistik erstellt und daraus kann man den Umsatz mittels Hochrechnung ermitteln. In allen anderen Clubs stimmen die Umsätze bis zu zweiundneunzig Prozent. Nur im

My Mind weichen sie um mehr als dreißig Prozent ab. Das Gleiche lässt sich anhand des Getränkeeinkaufs kalkulieren. Die Einkaufkosten sind zu hoch für den vorhandenen Umsatz. Jeder Steuerprüfer würde uns die Kalkulation um die Ohren hauen. Wie wollen Sie uns das erklären, Miss Webster?«

Nur ganz nebenbei registriere ich Johns erstaunten Blick, kommentiere ihn aber nicht. Ich habe ihm bisher nichts von meinen Statistiken erzählt, weil ich dachte, er würde es mir verbieten, um nicht unnötige Arbeitszeit zu vergeuden. Doch nun erweist sich meine jahrelange Arbeit als sehr nützlich.

Sarah hüllt sich in Schweigen, doch sie ist unter ihrem Make-up ziemlich blass.

»Sind Sie vom verdammten Finanzamt?«, zischt Sarah leise.

»Du bist entlassen. Sofort. Verschwinde von hier und nimm diesen Will gleich mit. Ich will, dass ihr die Stadt verlasst. Sollte ich hören, dass ihr morgen noch hier seid, will ich jeden Penny zurück. Ist das klar?«

»Ja, John.« Abrupt erhebt sich Sarah. »Du bist so ein Scheißkerl«, zischt sie ihm zu und wendet sich dann mir zu. »An Ihrer Stelle würde ich ihn nicht heiraten. Sie haben keine Ahnung, auf was sie sich da einlassen.« Sie hebt ihr Kinn und blickt mich blasiert an.

»Dann bin ich aber froh, dass Sie nicht an meiner Stelle sind und auch nie waren. Guten Tag, Miss Webster. Ich zeige Ihnen den Weg nach draußen.«

»Danke, den finde ich allein.«

Sie dreht sich um und stolziert aus dem Büro, ich folge ihr mit Abstand bis zur Tür, die ich demonstrativ hinter ihr schließe.

»Was war das denn für ein Abgang?«, fragt Pansy, die die Szene neugierig verfolgt hat, genauso wie Ivy und Unity.

»Ivy, gib eine Stellenanzeige auf. Wir suchen einen neuen Geschäftsführer für das *My Mind*. Miss Webster hat uns soeben verlassen«, erkläre ich und kann ein Lächeln nur schwerlich unterdrücken.

KAPITEL 21

Das Aufleuchten von Alisas Handy irritiert mich ungemein. Es signalisiert den Eingang einer SMS. Sie hat es auf dem Tisch liegen gelassen und ist bisher nicht wieder in mein Zimmer zurückgekehrt. Ich werfe einen Blick darauf und sehe einen Namen, der mich unruhig werden lässt: Stuart.

Ich sollte Alisa Bescheid geben, doch es juckt mir in den Fingern. Ich nehme das Gerät in die Hand und öffne die Kurzmitteilung.

Hallo Baby! Ich will dich sehen. Es gibt eine Menge an Infos, die ich dir über deinen neuen Freund erzählen kann. Er ist kein unbeschriebenes Blatt. Du solltest dich von ihm fern halten. Er wird dir niemals das geben können, was wir hatten. Ich liebe dich immer noch. Triff mich heute Abend um zehn Uhr an unserem Lieblingsplatz. Ich warte auf dich! Stuart

Ich schließe meine Faust um das Gerät und möchte es am liebsten gegen die nächste Wand werfen. Dieser verfluchte Stuart. Wenn ich ihn nur so leicht von der Bildfläche verschwinden lassen könnte wie Sarah.

»Habe ich mein Handy hier vergessen?«, fragt Alisa und steht plötzlich im Raum. Ich habe sie gar nicht kommen hören.

Ich halte ihr das kleine Gerät hin und beiße mir auf die Unterlippe. »Du hast eine Kurzmitteilung von Stuart erhalten«, meine ich knapp.

»Ist meine Wohnung wieder freigegeben?«

Ich schüttele den Kopf. »Nein, er will sich mit dir treffen.«

Sofort verliert ihr Gesicht diese rosige Farbe. »Lösch sie.«

»Möchtest du sie nicht lesen?«

Alisa wendet sich ab. »Nein, es interessiert mich nicht, was er schreibt.« Ihre tonlose Stimme macht mir Sorgen. Ich ziehe sie in meine Arme, spüre, wie schnell ihr Herz schlägt. Dieser Mann macht ihr Angst und ich weiß, dass er uns niemals in Ruhe lassen wird.

»Ich kümmere mich um ihn. Versprochen.«

Sie blickt mir skeptisch in die Augen. »Er wird nie Ruhe geben. Er will mich zurück. Er hat noch nie ein Ziel aus den Augen verloren.«

»Ich sagte, ich werde mich darum kümmern.«

»Er ist bei der Polizei und wird dir eine Menge Ärger machen. Es wird kein Entkommen geben, bis er mich zurückhat.«

»Nein, mein Liebling. Stuart ist ab sofort mein Problem. Er wird dich niemals bekommen. Du gehörst mir und ich beschütze dich. Das verspreche ich dir.«

»Glaubst du, dass er die Fotos geschickt hat?«

»Ich nehme es an. Ich habe schon jemanden auf ihn angesetzt. Ich bin schon mit ganz anderen Typen fertiggeworden. Hab keine Angst. Das alles wird bald ein Ende haben.«

Sie blickt mich ängstlich an. »Dir darf nichts geschehen, das würde ich nicht überleben.«

»Mir wird nichts passieren. Ich werde dich niemals allein lassen, mein Liebling. Hab ein wenig Vertrauen zu mir.« Ich streichle ihren Körper und kann es nicht erwarten, dass sie wieder unter mir liegt.

»Ich vertraue dir«, raunt sie mir zu und küsst mich zärtlich. »Sorry, ich kann nichts dafür, aber ich habe Angst um dich. Ich will dich nicht verlieren.«

»Das wirst du nicht, mein Liebling. Außer, du willst mich nicht heiraten.«

Jetzt muss ich lachen. »Du bist verrückt. Du solltest dich von Sarah nicht provozieren lassen.« Ich küsse ihn flüchtig auf die Wange, dann will ich den Raum verlassen, doch John hält mich fest. »Ich meine das ernst, Alisa. Heirate mich.«

Ich schlucke heftig, als ich seinen bedeutungsvollen Blick sehe. »Ich kann nicht ... wir können nicht ... wir kennen uns doch kaum.«

»Alisa, wir kennen uns seit mehr als drei Jahren. Du kennst mich in- und auswendig. Warum wollen wir länger warten?«

»John, ich weiß nicht. Das geht alles viel zu schnell.«

»Ich habe nur eine Frage an dich: Liebst du mich?«

Ohne lange zu überlegen, nicke ich. »Ja. Ja, ich liebe dich, John.«

»Und ich liebe dich. Warum also länger warten?« Sein Blick gleitet suchend über mein Gesicht und ich bin so abgelenkt, dass mir keine plausible Antwort einfällt. »Heirate mich«, fordert John mich erneut auf und meine Gegenwehr bröckelt. Der Fokus liegt nur noch auf seinem Gesicht, den Augen, die mich anflehen, ja zu sagen. Eine atemlose Stille legt sich über uns, die Welt um uns herum verschwindet, ich nehme nur noch John wahr. »Ja«, hauche ich atemlos. Sein Blick bannt mich, zieht mich in seine Welt und ich bin ihm machtlos ausgeliefert.

»Ich wäre jetzt so gerne mit dir allein«, flüstert er an meinen Lippen, dann küsst er mich.

Ich habe große Not, nicht die Besinnung zu verlieren, er raubt mir nicht nur den Verstand, sondern auch die Luft zum atmen. In diesem Augenblick ist er meine ganze Welt.

Bis zum Abend habe ich mehr als zehn Kurzmitteilungen von Stuart erhalten, von denen ich keine einzige beantwortet habe. Zwischendurch stelle ich das Handy immer mal wieder stumm, doch da John noch unterwegs ist, will ich seinem

Anruf nicht verpassen. Ich erkundige mich bei meiner Mutter, wie es Lennox geht, doch er scheint sich in Southend total wohlzufühlen. Mum macht ausgiebige Strandspaziergänge, die er so liebt. Ich muss zugeben, ich vermisse den lieben Kerl. Zuletzt mache ich den Anruf, der schon längst überfällig ist.

»Hi, Unity, hast du einen Moment für mich?«, frage ich ein wenig atemlos, als sie sich am anderen Ende meldet.

»Hi, Alisa, klar doch.« Sie ist freundlich, doch etwas in ihrer Stimme ist anders als bisher. Zwischen uns scheint sich eine Kluft aufzutun, die ich nicht erwartet hätte.

»Es tut mir so leid, dass ich mich nicht eher bei dir gemeldet habe.«

Sie atmet ein, dann meint Unity: »Es ist also ernst zwischen dir und Mister Heiß-und-Skrupellos?«

Ich lache leise, als sie den Spitznamen ins Spiel bringt, den ich John verpasst habe, als wir immer nur stritten. »Ja, sieht ganz so aus. Ich lag da wohl etwas falsch, er ist zwar heiß, sehr heiß sogar, megaheiß, würde ich behaupten, aber von skrupellos kann keine Rede sein.«

»Schlägst du dich jetzt also auf die andere Seite?«

Sie hört sich wenig kooperativ an.

»Unity, freust du dich denn gar nicht für mich?«

»Doch, doch, natürlich. Immerhin bist du schon so lange in ihn verliebt.«

»Das stimmt gar nicht«, versuche ich, ihren Angriff abzuwehren.

»Gib es doch wenigstens zu. Ich habe es dir schon lange angesehen.« Sie lacht. »Ist es ihm denn genauso ernst wie dir?«

Ich ringe mit mir, dann siegt meine Freude. »Ja, er liebt mich. Er hat mich gebeten, ihn zu heiraten.«

Die Stille am anderen Ende ist beängstigend. »Dann werden wir dich also als Kollegin verlieren?«

»Nein, Unity! Wie kommst du denn darauf? Ich werde meinen Job nicht aufgeben.«

Sie lacht hart. »Nun, als Frau des Königs der Unterwelt hast du demnächst eine Menge Verpflichtungen.«

»Wie kommst du nur darauf? Ich weiß, welchen Ruf John in der Szene hat, aber er ist nur ein ganz normaler Mann.«

Wieder lacht Unity hart und langsam wird mir dieses Gespräch zu dumm.

»Fitz-James steht in Verdacht, Bad Berry umgebracht und seine Geschäfte übernommen zu haben. Sag jetzt nicht, du hast noch nichts davon gehört!«

»Das war ganz anders«, versuche ich, John zu verteidigen. Verflucht, langsam bereue ich, Unity überhaupt angerufen zu haben.

»Wer sagt das? Etwa er?«

»Unity, sorry, ich muss jetzt auflegen, weil ich noch meine Sachen packen muss. Wir fahren morgen nach Southend zu meiner Mutter, um Lennox abzuholen.«

»Alles klar, Alisa. Wir sehen uns am Montag im Büro. Bis dann.« Sie legt auf, bevor ich noch etwas sagen kann.

Verdammt, irgendwie scheine ich meine beste Freundin vergrault zu haben, ohne dass ich etwas davon mitbekommen habe.

Ich lege mein Handy auf den Tisch und sehe, dass eine SMS eingegangen ist. In der Hoffnung, dass sie von John ist, öffne ich sie, doch dann lese ich Stuarts Namen. Wider besseren Wissens öffne ich sie.

Wenn du nicht mir gehören kannst, sollst du niemandem gehören!

Die Nachricht ist eindeutig. Mit zitternden Fingern lasse ich das Handy zu Boden fallen. In gleichen Moment wird die Wohnungstür aufgerissen und ich erschrecke zu Tode. John kommt lächelnd auf mich zu, doch bleibt erschrocken stehen. »Was ist los, Baby?«

»Stuart«, meine ich leise und blicke zu Boden, wo mein Smartphone liegt.

John kommt auf mich zu und hebt das Gerät auf, liest die Nachricht.

»Dieser Mistkerl. Ich werde ein ernstes Wort mit ihm reden müssen.«

»Nein, John. Bitte. Du machst alles nur noch schlimmer. Lass es uns einfach ignorieren, bitte.«

Er blickt mich grimmig an. »Du weißt so gut wie ich, dass er nicht aufhören wird.«

John hat recht, aber ich will nicht, dass er meinetwegen ins Visier der Polizei gerät. »Lass mich mit ihm reden.«

»Nein, auf keinen Fall.«

»Ich kenne ihn gut, weiß, wie er tickt. Bitte, lass es mich zumindest versuchen.« Ich lege meine Hand auf seinen Arm. »An einem öffentlichen Ort, wo ich nicht mit ihm allein bin. Ich werde mit ihm essen gehen, das ist ganz ungefährlich.«

John beißt die Zähne zusammen. »Dieser Typ ist immer gefährlich. Ich werde dich nicht alleine gehen lassen.«

»Du kannst nicht mitkommen«, meine ich erschrocken.

Er schüttelt den Kopf. »Das habe ich auch nicht gemeint.«

»Was hast du dann gemeint?«

»Ein paar meiner Jungs werden ein Auge auf dich haben. Ist das für dich in Ordnung?«

Einen Moment denke ich darüber nach, dann nicke ich. »Ja, das ist für mich akzeptabel.«

Ein feines Lächeln zieht über sein Gesicht und er blickt mich verliebt an. »Aber ich werde dich nicht gehen lassen, bevor du das hier trägst.«

Er zieht eine kleine Schachtel aus der Jacketttasche und reicht sie mir. »Öffne es«, befiehlt er, und die Freude in seinen Augen ist so offensichtlich.

Mir ist ganz schwindelig. Zittrig klappe ich die Box auf und schaue auf einen Ring. Einen Verlobungsring. Einen Verlobungsring mit einem riesigen Diamanten, eingefasst von unzähligen kleinen blauen Steinen.

»Das sind Saphire mit Facettenschliff, mit sehr wenigen Einschlüssen, hat der Juwelier erklärt. Wenn er dir nicht gefällt, können wir auch zusammen einen anderen aussuchen.«

Ungläubig blicke ich John an. »Wie könnte mir dieser Ring nicht gefallen?«, wispere ich leise. »Er ist so wundervoll. Aber John, du brauchst mir keine teuren Geschenke zu machen ...« Er legt mir einen Zeigefinger auf die Lippen.

»Du wirst nicht gehen, bevor du diesen Ring an deinem Finger trägst«, meint er bestimmt und nimmt ihn aus der Schatulle. John nimmt meine Hand und steckt mir den Ring an. Obwohl er einen großen Stein besitzt, fühlt es sich an, als gehöre er dorthin. Er schmiegt sich wundervoll an meine Hand.

»Ich möchte nicht, dass du ihn je ablegst«, raunt John mir ergriffen zu.

»Danke, John. Nein, nie wieder«, beteure ich flüsternd. Mir fehlen einfach die Worte. Ergriffen blicke ich hinunter auf meine Hand und die Saphire spiegeln das Licht der Deckenleuchte wider.

Mein Gott, dieser Ring ist wunderschön und muss ein Vermögen gekostet haben. Es behagt mir gar nicht, so etwas Kostbares an der Hand zu tragen, doch ich weiß, John wird keinen Protest dulden. »Ich liebe dich so sehr«, kommt es mir dann doch über die Lippen und ich muss lächeln.

»Nicht so sehr, wie ich dich liebe«, ist seine Antwort darauf. »Wie sehr, kann ich dir mit keinem Ring der Welt zeigen.«

»Das musst du auch nicht. Ich weiß es einfach.«

Dass Alisa sich am Samstagabend mit diesem Stuart in einem Restaurant treffen will, behagt mir gar nicht. Doch wie immer hat sie recht, er wird nicht aufgeben. Ein letztes klärendes Gespräch ist wirklich dringend nötig. Ich beauftrage die Jungs von der Security, sie zu beschatten und wenn nötig einzugreifen. Sie haben mir schon oft als Personenschützer gedient, sind geschult und äußerst diskret. Carol ist ebenfalls mit von der Partie, um die Tarnung zu wahren. Sie arbeitet bereits seit Jahren für mich und hat schon meine Exfrauen beschützt. Alisa wird sich daran gewöhnen müssen, dass wir in Zukunft ab und an auf Bodyguards zurückgreifen werden. In der letzten Zeit ist zu viel passiert, um darauf zu verzichten. Ich habe schon öfter Drohungen erhalten, und so wie es aussieht, ist Stuart einer von diesen Menschen, die mich bedrohen.

Ich habe mit meinem Jaguar in der Nähe des Lokals Stellung bezogen. Alisa hat ein japanisches Restaurant gewählt. Über das Handy bin ich mit Carol verbunden, sodass ich jeder Zeit informiert bin, was Stuart von Alisa will. Ich überlasse nichts dem Zufall.

Vermutlich ist der Ring ein wenig übertrieben, doch Alisa ist es mir wert. Selbst zwei Millionen Pfund, die dieser Ring gekostet hat. Sie ist alles für mich. Ich habe Angus überprüfen lassen, ob Sarah und Will die Stadt verlassen haben, doch er konnte sie nicht mehr ausfindig machen. Ich kann nur hoffen, dass sie meinen Anweisungen gefolgt sind. Ein zusätzliches Risiko kann und will ich einfach nicht eingehen.

Alisa hat sich einen Sitzplatz am Fenster geben lassen und ich habe sie im Blick. Es ist unsere Taktik, dass Alisa zuerst am Tisch sitzt, sodass die Entscheidung über das *Wo* bei uns liegt.

Pünktlich sehe ich Stuart aus seinem Wagen steigen und auf das Restaurant zusteuern. Am liebsten würde ich ihm ein paar verpassen, doch

Alisa hat recht, das würde das Problem auch nicht lösen. Cole wird an Alisas Tisch geführt und er beugt sich herunter, um sie zu küssen, doch Alisa dreht den Kopf weg. Ich würde lügen, wenn ich behaupten würde, dass mich diese Reaktion nicht freut. Nun liegt es an Alisa, seinem Treiben ein Ende zu setzen.

***

Stuart sitzt mir gegenüber und ich wünsche mich ganz weit weg. Seine Nähe ist für mich fast unerträglich.

»Danke, dass du es noch mal mit mir versuchen willst«, meint Stuart und gibt für uns beide die Bestellung auf, ohne mich zu fragen, was ich essen möchte. Zum Glück wählt er Sushi, etwas Warmes würde ich sicher nicht herunterbekommen.

»Ähm, Stuart, ich glaube, du verstehst da etwas falsch.« Ich fahre mir mit der Hand durch die Haare und registriere seinen Blick, der auf meinen Verlobungsring fällt. »Ich bin bereits verlobt.«

»Dann komme ich also zu spät. Er hat dich mir weggenommen?«

Seine Stimme ist ernst und ein wenig panisch.

»Nein, John hat nichts damit zu tun. Selbst

wenn es ihn nicht geben würde, wäre eine erneute Beziehung zwischen uns kein Thema. Ich bin fertig mit dir, Stuart.«

Er greift nach meiner Hand. »Ich weiß, dass ich dich verletzt habe. Aber ich werde es wiedergutmachen. Ich habe mich geändert, Alisa.«

Die Getränke werden gebracht und unsere Unterhaltung bricht abrupt ab. Erst als die Kellnerin den Tisch verlässt, nimmt Stuart den Faden wieder auf.

»Du musst es dir noch mal überlegen, Alisa. Du kannst ihn nicht heiraten. Er ist ein Gangster. Hast du eine Ahnung, wozu er fähig ist?«

Er greift erneut nach meiner Hand, doch ich ziehe sie weg, löse den Schal, lege die Halsfessel frei, damit er sieht, dass ich John gehöre. »Stuart, du willst es einfach nicht verstehen, verdammt. Ich liebe ihn und dich liebe ich nicht.«

»Das meinst du doch nicht ernst.« Er kann den Blick nicht von der Fessel lösen.

»Doch, aber das ist wieder mal zu typisch. Hörst du mir überhaupt zu? Hast du mich je ernst genommen?«, frage ich aufbegehrend und schüttele unmissverständlich den Kopf. Er setzt sich mal wieder über meine Meinung und Gefühle hinweg. So war es immer und wird es immer sein. Stuart ist ein Egomane, wie er im Buche steht. Unweigerlich ziehe ich Vergleiche. Auf der einen Seite Stuart, der zwanghaft narzisstische Egoist, der mir Angst macht, und auf der anderen Seite der dominante, selbstvergessene Underdog, dem mein Herz gehört. Hier treffen eine geheimnisvolle Herrschaft und die Mächte der Finsternis aufeinander. Ich kann das nicht, will nur noch hier weg.

»Es tut mir leid, Stuart. Ich bin nicht hier, um mit dir zu essen oder wieder eine Beziehung aufleben zu lassen, sondern um dir zu sagen, dass ich einem anderen gehöre.«

»Was? Das geht nicht, du darfst dich nicht von einem anderen dominieren lassen. Du gehörst mir, und das wird immer so sein. Ich bin dein Herr und Meister.«

Ich lache hart auf. »Das genau ist der Unterschied, Stuart. Du bist immer nur mein Dom gewesen. John ist der Mann, der mich liebt und heiraten will.«

Stuart blickt mich verwirrt an. »Und was ist mit dir? Liebst du ihn auch?«

Da muss ich nicht lange überlegen. »Mehr als mein Leben.«

Ein eiskaltes Lächeln umspielt seine Lippen.

»Dann pass gut auf dich auf, vielleicht ist dein Leben kürzer, als dir lieb ist.«

Wütend werfe ich meine Serviette auf den Tisch. »Wenn du mir drohen willst, nur zu. Aber vergiss nicht, für wen ich arbeite. Dieser Gangster ist nicht nur zufällig mein Boss, sondern auch der Mann, den ich heiraten werde.« Ich erhebe mich und erst jetzt registriere ich das Pärchen am Nebentisch, das sich ebenfalls erhoben hat und mich abwartend anblickt. Stuart steht auf, will mich daran hindern, zu gehen, doch als er einen Blick auf meine Bodyguards wirft, die sich neben mir platziert haben, gibt er sein Vorhaben schnell auf.

Ohne ihn eines weiteren Blickes zu würdigen, schnappe ich meine Handtasche und verlasse so eilig das Restaurant, dass Stuart sich noch nicht mal verabschieden kann. Was auch nicht nötig ist, denn jedes weitere Wort wäre überflüssig.

KAPITEL 23

lisa stürmt aus dem Restaurant und sie ist fuchsteufelswild. Ich kenne sie genau, wenn sie in dieser Verfassung ist. Zu oft hat sie schon mein Büro mit dieser Laune verlassen, ich weiß, wovon ich spreche. Zielstrebig steuert sie auf meinen Wagen zu, obwohl ich mir sicher war, dass sie mich nicht gesehen hat. Allerdings ist der Jaguar auch sehr auffällig. Sie wird von Angus und Carol begleitet, die ihr nur einen Schritt später folgen. Sie öffnet die Tür und lässt sich auf den Beifahrersitz fallen. Ich nicke meinen Leuten zu und gebe ein Zeichen dafür, dass die Aktion beendet ist.

»Wie ist es gelaufen?«, frage ich sie und sehe ihrem Gesicht an, dass sie total aufgebracht ist.

»Bring mich hier weg und dann fick mich, bis ich nicht mehr denken kann.«

Ich greife nach ihrer Hand und küsse sie. »Nichts lieber als das.«

Der Vanquish bringt uns auf dem schnellsten Weg nach Hause, ich überschreite die Höchstgeschwindigkeit, nehme jede Konsequenz dafür in Kauf. Zu gerne würde ich erfahren, was Cole gesagt oder getan hat, doch wenn Alisa es mir erzählen wollte, würde sie es tun.

Kaum schlägt die Wohnungstür hinter uns ins Schloss, reißt sie mir meine Kleidung vom Leib.

»Hey!« Ich halte ihre Hände fest, die ungeduldig an meinem Gürtel zerren. »Warte. Was ist passiert?« Wenn sie in dieser Stimmung ist, will ich nicht mit ihr schlafen.

»Bitte, jetzt nicht.«

Sie schaut mich flehend an, doch ich gebe nicht nach. Nicht diesmal.

»Sag es mir.« Mein Ton ist hart, doch nur so kann ich ihr klar machen, wie ernst es mir ist.

Mit einem leisen Seufzen lässt Alisa von mir ab und wendet mir den Rücken zu. »Er hat mir gedroht. Dass mein Leben vielleicht kürzer sein wird, als mir lieb ist. Ich sage dir, dieser Mann hat vollkommen die Kontrolle verloren. Er macht mir

Angst und ich habe keine Ahnung, wie ich ihn stoppen kann. Ich will dich nicht in Gefahr bringen. Vielleicht sollte ich zu ihm zurückkehren, dann bist wenigstens du in Sicherheit.«

»Das kannst du nicht wirklich wollen?« Dieser Vorschlag kann nicht ihr Ernst sein.

»Nein, natürlich nicht. Aber ich weiß, wozu Stuart fähig ist.«

»Du hast keine Ahnung, wozu ich fähig bin, wenn man mir das Liebste wegnehmen will«, presse ich leise hervor und ziehe Alisa in meine Arme. »Ich werde nicht zulassen, dass dir etwas geschieht.«

»Er ist der Meinung, dass du Bad Berry getötet hast, um seinen Platz einzunehmen«, murmelt sie an meiner Brust.

Sachte streichele ich über ihr Haar. »Ich weiß, dass diese Gerüchte kursieren. Aber sie sind nicht wahr. Damit habe ich nichts zu tun. Das musst du mir glauben.«

Alisa schaut mir lange in die Augen, dann sagt sie mit einer Aufrichtigkeit in der Stimme, die selbst mich überrascht: »Was auch immer notwendig war, ich stehe zu dir, egal, was du getan hast oder noch tun wirst.«

Ich schlinge meine Arme fest um ihren sexy

Körper und als sie mir ihr Gesicht entgegenstreckt, küsse ich ihre Lippen. Sie schmeckt so zart und lieblich und ich könnte in ihr versinken. Ihre Hände verführen mich zu mehr. Machen sich wieder an meinem Gürtel zu schaffen, und diesmal halte ich sie nicht davon ab. Mein Hemd habe ich schon verloren, jetzt folgt der Rest der Kleidung bis auf meine Pants. Ich nehme Alisa auf die Arme, trage sie ins Schlafzimmer. Als sie nackt vor mir steht, löse ich auch die Halsfessel.

»Nein!« Sie hält sie fest, will nicht, dass ich sie ihr abnehme.

»Du bist mein, dazu brauche ich keine Fesseln«, meine ich voller Verlangen.

»Bitte. Lass sie mir. Sie gibt mir Sicherheit«, flüstert Alisa, doch ich bin unnachgiebig.

»Du bist nirgendwo sicherer als in meinen Armen«, meine ich bestimmt und nehme ihr den feinen Lederriemen ab. »Leg dich mit dem Rücken auf das Bett«, befehle ich.

Sie gehorcht, breitet sich vor mir aus, die Hände weit über den Kopf gestreckt, öffnet ihre Schenkel. Ich knie mich zwischen ihre Beine, streichele über die zarte Haut, immer höher, höre, wie sie angestrengt ein- und wieder ausatmet. Meine Fingerspitzen massiere ihre Scham, öffnen ihre Lippen, dringen sachte in sie ein. Sie ist feucht und ich verteile die Nässe auf ihrem Leib.

»Ich brauche dich«, raunt sie mir zu und ich kann ihre Ungeduld spüren.

Das ist kein Augenblick für lange Verführspiele, sie braucht den Körperkontakt, giert nach mir.

Ich falle über sie her, stemme meine Fäuste neben ihrem Kopf auf das Bett, damit sie nicht mein ganzes Gewicht tragen muss, und sofort schlingt sie die Beine um meine Hüften. Langsam gleite ich in sie ein, doch sie will mehr, stemmt sich mir entgegen.

»Fester«, presst sie heraus.

Ihre Ungeduld ist so süß, doch ich gebe nicht nach. Zumindest nicht sofort. Ich beginne im regelmäßigen Rhythmus in sie hineinzustoßen, schnell wird aus diesem Takt eine Wildheit, die ich kaum noch kontrollieren kann. Mit undefinierbaren Lauten treibt Alisa mich an, wie nur sie es kann. Laut holt sie Luft, ruft meinen Namen, während ich immer schneller werde. Bald reicht das nicht mehr. Ich gehe in die Hocke, drehe sie, sodass sie auf den Knien vor mir hockt. Sofort dringe ich wieder in sie ein, packe ihr Haar, damit sie mir entgegenkommt.

»Gott! Ist das gut!«, ruft sie laut und ihre Stimme klingt unnatürlich hoch.

»Ja«, rufe ich. »Das ist fantastisch! Du bist das, Alisa. Du bist alles in meinem Leben.«

Die Worte sprudeln einfach so aus mir heraus, ich kann sie nicht zurückhalten, will es auch gar nicht. Sie soll wissen, was sie für mich ist, denn vielleicht ist das Ganze schon bald vorbei. Dann wird sie mich verachten für das, was ich bin. Doch in diesem Augenblick, als ich den Höhepunkt nur einem Schritt gegenüberstehe, ist sie alles für mich.

Sie kommt mit einem dieser typischen Laute, die sie ausstößt, wenn der Orgasmus durch ihren Körper rauscht und ihre Haut in Brand setzt. Die Gewissheit, dass nur ich dieses Feuer löschen kann, lässt mich dem Himmel entgegenfliegen, mit ihr in meinen Armen.

Alisa schläft. Ihre tiefen, ruhigen Atemzüge neben mir wiegen mich in Sicherheit. Ich steige leise aus dem Bett, suche frische Kleidung zusammen und verlasse das Zimmer. Erst im Wohnzimmer ziehe ich die dunkle Jeans und das schwarze Poloshirt über. Dann tätige ich einige Anrufe. Wir haben mittlerweile ein Uhr nachts, doch auf meine Männer kann ich mich verlassen. Sie stehen mir rund um die Uhr zur Verfügung.

Dann suche ich Alisas Handy in der Handtasche, schicke eine SMS ab und warte auf die Antwort, die keine Minute später eintrifft. Ich schnappe den Autoschlüssel des Rover und mache mich auf den Weg.

Der Treffpunkt unten am Fluss ist abgelegen, für andere nicht einsehbar. Ein silberner Mercedes steht auf dem Parkplatz. Ich habe unterwegs noch Angus und Kid aufgegabelt.

»Seid ihr bewaffnet?«, frage ich und ein Lächeln huscht über Angus' Gesicht. Warum frage ich auch?

Wir steigen aus und neben dem Mercedes wartet bereits Stuart Cole auf uns. Er trägt ein überlegenes Lächeln, sodass ich ihm direkt eine reinhauen könnte.

»Wusste ich doch, dass die Nachricht nicht von Alisa kam. Aber ich war neugierig, was du mir anzubieten hast.«

Stuart stützt seine Hände in die Hüften, sodass seine Waffe unter der Kleidung sichtbar wird.

»Wie weit willst du diese Spielchen noch treiben?«, will ich wissen.

»So weit, bis ich gewonnen habe«, ist seine

Antwort und er wirft kurz einen Blick auf Kid und Angus, die sich im Hintergrund halten.

»Die Razzia geht also auf deine Kappe?«

»Keine Ahnung, wovon du sprichst, Fitz-James. Ich dachte, das hier ist ein Ding zwischen uns. Was haben deine Gorillas hier zu suchen?«

Mit dem Finger gebe ich Angus und Kid ein Zeichen. Beide setzen sich in den Rover und Angus fährt den Wagen außer Sichtweite. Ich werde das hier alleine klären.

»Bist du jetzt zufrieden?«, frage ich genervt.

»Was kostet es mich, wenn du Alisa gehen lässt?«, fragt Stuart, als könnte er Alisa kaufen. Als wäre sie eine Nutte, die man für ein paar Scheine an den Meistbietenden verschachern kann. »Sie ist keine Ware, über die man verhandeln kann.«

»Alles hat seinen Preis.«

»Alisa nicht. Du wirst dir leider ein anderes Opfer suchen müssen, das du terrorisieren kannst.«

»Was willst du damit sagen?«

»Tu doch nicht so, als wüsstest du nicht, wovon ich spreche. Glaubst du wirklich, mit ein paar Fotos kannst du uns Angst einjagen? Es ist höchstens nervig, mehr nicht.«

Stuart schaut mich überrascht an. »Weiß du, Fitz-James, du gehst mir mächtig auf die Eier. Ein

Kerl wie du ist nicht gut genug für Alisa. Hau ab und lass sie in Ruhe.«

»Keine Chance, dafür müsstest du mich schon töten«, presse ich hervor.

»Genau das habe ich auch vor.«

Ich wäre ein Idiot und nicht so weit gekommen, wäre ich unvorbereitet. Er zieht eine Waffe, doch bevor er auch nur zielen kann, habe ich bereits einen Schuss auf ihn abgegeben. Der Knall hallt laut in der Stille nach. Einen Augenblick schaut Stuart mich erschrocken an, dann tritt ein Wissen in seinen Blick. Er sackt auf die Knie. Die Waffe fällt aus der Hand in den Kies und er bedeckt sie mit seinem Körper.

Im Dunkeln kann ich es nicht genau erkennen, doch der Schuss ging in Richtung Herz und die Leere in seinem Blick zeigt mir, dass Stuart Coles Leben soeben endete. Er wird Alisa in Zukunft keine Angst mehr einjagen. Ich würde lügen, wenn ich sage, es tut mir leid, doch Freude empfinde ich jedenfalls auch nicht. Es war ein notwendiges Übel und jemand musste es erledigen. Lieber ich als einer meiner Männer oder gar Alisa. Was auch immer für Konsequenzen daraus folgen, ich werde sie tragen.

KAPITEL 24

Ich höre, wie John zu mir ins Bett kriecht. Mehr als drei Stunden habe ich wach gelegen, weil er nicht da war. Ich frage mich, wo er gewesen ist. Warum hat er sich heimlich davongeschlichen und mir nicht Bescheid gegeben? War er bei einer anderen Frau? Ist Sarah wieder aufgetaucht? Oder gab es Ärger im einem der Klubs? Doch das hätte er mir sicherlich gesagt. Es muss etwas sein, das ich nicht erfahren soll.

»Du bist wach?«, fragt er und zieht mich in seine Arme.

»Ja«, murmele ich und schmiege mich an seine Brust, fahre mit den Fingern die feinen Härchen nach.

»Wo warst du?«

»Das kann ich dir nicht sagen, zu deiner eigenen Sicherheit.«

Das dachte ich mir. »Hat es mit einer anderen Frau zu tun?«

»Nein, Baby, wo denkst du nur hin? Ich hatte etwas Wichtiges zu erledigen. Wie kannst du nur denken, dass ich das Bett verlasse, um zu einer anderen Frau zu gehen?«

Im Dunkeln kann ich seine wunderschönen grünen Augen erkennen, die mich ernst mustern. »Dafür hast du eine Strafe verdient. Zweifel nie wieder an mir, Alisa.«

Er presst seinen Mund auf meinen und sofort stehe ich in Flammen. In meinem Körper bahnt sich eine Feuersbrunst den Weg durch meine Adern, allein durch seine Berührungen. Er verschränkt seine Finger mit meinen und mein Ring blitzt im Dunkeln auf, reflektiert das Mondlicht, das durch das Fenster fällt.

»Dann bestrafe mich«, meine ich ein wenig atemlos.

»Keine Angst, das werde ich.« Seine Stimme, so rau vor Verlangen, verschafft mir eine Gänsehaut. »Leg dich auf den Bauch.«

Ich gehorche, spüre, wie er mir die Halsfessel

anlegt. Das ist mein Zeichen dafür, dass er das Sagen hat und ich mich zu fügen habe.

Er erhebt sich, ich höre, wie er den begehbaren Schrank öffnet. Ich liege ganz still, achte auf jedes Geräusch. Plötzlich wird es dunkel um mich herum. Er zieht mir eine Schlafmaske über die Augen. Dann fesselt er mit einem Seil meine Hände auf den Rücken. Ich höre nur seine angestrengten Atemgeräusche, als falle ihm das Atmen schwer.

Ein sirrendes Geräusch lässt mich aufhorchen. Ich kenne es nur zu gut. Es ist das einer Peitsche und jagt mir eine Heidenangst ein. Wieder höre ich sie durch die Luft sausen und mein Körper versteift sich. Ich habe keine Ahnung, wie ich reagieren werde, wenn er mich schlägt. Als er mir zu guter Letzt noch eine Mundfessel anlegt, mit einem Gummiball, der mich am Sprechen hindert, stehe ich kurz davor, in Panik zu geraten. Das kann er nicht vorhaben. Er wird mich nicht wirklich peitschen wollen. Nicht jetzt, nicht so, nicht, wo er weiß, was mir passiert ist.

»Wirst du je wieder an mir zweifeln?«, fragt er streng.

Ich schüttele den Kopf, denn sprechen kann ich ja nicht.

»Hast du dafür einen Schlag verdient?«

Ich halte inne, dann gebe ich einen Laut von mir, der ein Ja darstellen soll.

»Gut.«

Es zischt laut durch die Luft und ein leichter Schlag trifft meinen Po. Nur ganz flüchtig, es tut nicht weh. Dann spüre ich etwas Weiches, das den Rücken berührt. Eine Feder. Er streichelt meine Haut mit einer Feder.

»Wirst du jemals wieder behaupten, dass mich eine andere Frau interessiert?«

Ich schüttele wieder den Kopf.

»Gut. Bist du der Meinung, dafür einen Schlag verdient zu haben?«

Ich nicke stumm.

»So sehe ich das auch.«

Es sirrt wieder, ein weiterer Schlag trifft meinen Po. Diesmal fester, doch ich bin darauf vorbereitet, er jagt mir weder Angst ein, noch fügt er mir einen Schmerz zu. Dann spüre ich die federleichten Streicheleinheiten an meinem Rücken. Ich stöhne vor Verzückung auf.

»Willst du mehr davon?«

Wieder gebe ich einen Laut von mir.

»Willst du, dass ich dich schlage?«

Unwillkürlich halte ich für eine Sekunde den

Atem an, weil mir die Frage Angst einjagt, doch dann nicke ich.

»O Baby, du hast keine Ahnung, was mir das bedeutet«, stöhnt John auf. »Du begibst dich in meine Hände und schenkst mir dein volles Vertrauen. Ich kann dir nicht sagen, wie sehr ich dich liebe.«

Er löst meine Fesseln, den Knebel und nimmt mir die Augenbinde ab.

Sein Blick ist voller Liebe und ich werfe mich praktisch in seine Arme. »Ich liebe dich«, flüsterte ich an seinen Lippen und küsse ihn stürmisch.

Unsere heiße Umarmung wird durch das Klingeln an der Wohnungstür unterbrochen.

Ich schaue auf die Nachttischuhr. Es ist fünf Uhr morgens. Wer kann so früh etwas von John wollen?

»Warte hier. Ich schaue nach.«

Er schlüpft in eine schwarze seidene Schlafhose und geht mit nacktem Oberkörper zur Tür.

Als ich nach wenigen Minuten laute Stimmen höre, ziehe ich eines seiner Hemden über und gehe nachsehen.

»Alisa, kommst du bitte, es ist für dich«, höre ich ihn auch schon rufen.

»Hier bin ich.« Ich raffe mein wirres Haar zu einem Pferdeschwanz zusammen.

Im Flur stehen zwei Männer, die geradezu nach Polizei schreien.

»Hier sind zwei Officer, die mit dir sprechen wollen.«

Einer stellt sich und seinen Kollegen vor, doch ich vergesse sofort wieder ihre Namen. Im ersten Moment denke ich, dass es um den Einbruch in meine Wohnung geht, doch schnell werde ich eines Besseren belehrt.

»Miss Croft, können Sie uns sagen, wo Sie heute Nacht gegen ein Uhr waren?«

»Gibt es einen besonderen Grund, warum Sie das wissen wollen?«

»Bitte beantworten Sie unsere Frage.«

»Warum? Werde ich sonst verhaftet?« Ich will nicht klein beigeben, Polizisten in jeglicher Form sind mir zuwider, alle erinnern mich an Stuart.

»Alisa, beantworte doch einfach ihre Fragen«, meint John etwas genervt.

»Ich war hier. Den Abend und auch die ganze Nacht. So, jetzt haben Sie meine Antwort, worum geht es denn?«

»Es geht um Detective Chief Superintendent Stuart Cole.«

Ich verdrehe die Augen. Was hat Stuart sich jetzt wieder einfallen lassen?

»Um was genau geht es?«, frage ich nach.

»Wir ermitteln in der Mordsache Stuart Cole.«

»Was?«, frage ich entsetzt und blicke die beiden Männer fassungslos an. »Stuart ist tot?« Die Worte verlassen meine Lippen, aber ich begreife sie nicht. Mein Blick geht zu John, der meinem jedoch ausweicht, die Männer im Auge behält.

»Können Sie beweisen, dass Sie das Haus nicht verlassen haben? Gibt es einen Zeugen?«

»Nein ...«

»Ich kann es bezeugen. Miss Croft war den ganzen Abend und auch die Nacht mit mir zusammen.« Dabei betont er das Wort Nacht so sehr, dass jeder weiß, was wir getrieben haben. Verdammt, jetzt werde ich auch noch rot, als einer der Polizisten mich anzüglich begutachtet wie ein Stück Vieh.

»Mister Fitz-James, Sie wissen, welche Folgen ein falsches Alibi mit sich bringt?«

»Wollen Sie mich etwa der Lüge bezichtigen?«

Johns Stimme nimmt einen Ton an, den ich gut kenne. In dieser Art und Weise hat er mich mehr als ein Mal zurechtgewiesen und ich habe mich dann nicht getraut, ihm Paroli zu bieten, denn der autoritäre Ton ist mehr als einschüchternd.

»Ähm, nein, natürlich ...«

»Wenn ich sage, dass ich den gestrigen Tag, und ich meine die gesamten vierundzwanzig Stunden, mit meiner Verlobten Miss Croft verbracht habe, dann meine ich das auch so. Ich bin es nicht gewohnt, dass man mein Wort anzweifelt.«

Der Ältere der beiden schaut John herablassend an. »Und was ist mit Ihnen, Mister Fitz-James? Haben Sie das Haus verlassen?«

»Natürlich nicht. Er war die ganze Zeit mit mir zusammen. Das sagte er doch. Ich kann es bezeugen, falls Sie Zweifel an den Worten *meines* Verlobten haben«, bestätige ich nun auch. »Wir beiden haben diesen Abend zusammen verbracht. Dürfte ich erfahren, warum wir ins Visier der Ermittlungen geraten?«

»Nun, Sie und Stuart Cole haben eine Vorgeschichte, die aktenkundig ist.«

»Ich habe die Anzeige zurückgezogen und außerdem ist das eine Ewigkeit her.«

»Wir haben einen Handyverkehr zurückverfolgen können, in dem Sie Mister Cole aufforderten, sich mit ihm um zwei Uhr nachts zu treffen.«

Ach ja? Das ist mir neu. »Das stimmt. Ich bin

aber zu diesem Treffen nicht erschienen. Mister Fitz-James hat mich gebeten, Stuart nicht zu sehen, und ich bin seiner Bitte gefolgt. Wir hatten uns zuvor am frühen Abend in einem Restaurant verabredet und ausgesprochen, daher gab es keinen Grund, sich erneut zu sehen.«

»Warum haben Sie ihm dann diese Kurzmitteilung gesendet?«

Ohne darüber nachzudenken, frage ich: »Wollen Sie das wirklich wissen? Weil er mir leid getan hat. Ich hatte Mitleid mit ihm. Er hatte doch niemanden, war in mich verliebt. Aber ich habe nichts mehr für ihn empfunden. Er war ein kleiner Polizeibeamter, aber mir gehört die Liebe von John Fitz-James, einem der reichsten Männer des Landes. Was glauben Sie, für wen mein Herz schlägt?« Ich setze das Gesicht einer berechnenden Hure auf und hoffe, dass ich das überzeugend beherrsche. Zumindest Johns fassungsloser Blick entgeht mir nicht, sodass ich mir Hoffnungen auf den Oscar mache.

Die beiden Polizisten werfen sich Blicke zu.

»Gut, vielen Dank für Ihre Kooperation.« Die Beamten verabschieden sich mit einem Nicken.

KAPITEL 25

Das Schließen der Tür hinterlässt eine Stille, die für mich fast unerträglich ist. Ich schaue Alisa an, die mich fragend anblickt. Ich kenne die Frage, bevor sie ihre Lippen verlässt.

»Hast du ihn getötet?«

»Ja«, gebe ich zu.

»Warum?«

»Er zog seine Waffe und ich war schneller.«

»So einfach?«

Ich nicke. »Ja, mehr gibt es dazu nicht zu sagen.«

»Wir leben doch nicht im Wilden Westen, wo die Regel golt, wer zuletzt zieht, verliert!«

»Alisa, so war das doch nicht. Meinst du, ich

töte, weil es mir gefällt? Aus reiner Freunde daran?«

»Dann hast du also schon mal einen Menschen getötet?«, fragt sie erschrocken und dann folgt das Erkennen. »Das hast du also schon öfter getan? Also hast du doch Bad Berry auf dem Gewissen!«

Ich schaue ihr in die Augen. »Nein, Alisa. Ich habe ihn nicht umgebracht.«

»Nein? Wen dann?«

Ich schweige, weil ich sie in die Geschichte nicht mit hineinziehen will. Doch ich kenne Alisa, hat sie sich erst einmal festgebissen, lässt sie so schnell nicht wieder los. Sie ist wie ein Haifisch und wird erst Ruhe geben, wenn ich ihr alles gebeichtet habe.

»Berrys Mörder. Ich habe Billy gerächt. Er war ein treuer Freund, kam einem Vater nahe. Wie hätte ich die Tat ungesühnt lassen können?«

»John! Dafür gibt es Gerichte. Warum bist du nicht zur Polizei gegangen?«

»Was glaubst du, was ich damit erreicht hätte? Er hätte ein paar Jahre bekommen und dann versucht, Berrys Geschäfte weiterzuführen.«

»Das hast dann lieber du übernommen, ich verstehe. Ich hätte niemals gedacht, dass du zu so etwas fähig bist.« Die Verachtung, die aus ihrer Stimme zu hören ist, trifft mich tief.

»Es gibt Dinge, die getan werden müssen.«

»Und dazu gehört auch, dass du Stuart beseitigst?«

»Es war eine Notwendigkeit.«

»So einfach ist das für dich?«

»Ich muss dich beschützen und Stuart hätte niemals aufgegeben. Das musst du doch einsehen. Alisa, ich liebe dich und werde alles für dich tun.«

»Sogar einen Mord begehen?« Sie schaut mich entrüstet an, doch wenn wir schon mal bei der Wahrheit sind, kann sie auch alles erfahren. »Ja, sogar einen Mord. Aber ich habe Stuart nicht kaltblütig ermordet. Wie gesagt, er hat zuerst gezogen. Ich habe mein Leben verteidigt - unser Leben, deines genauso wie meines.«

»Sorry, aber damit komme ich nicht klar, John.« Sie steuert das Schlafzimmer an, taucht wenige Minuten später wieder im Wohnzimmer auf, hat sich angezogen und ihre Tasche gepackt.

»Wo willst du hin?« Sie kann mich doch jetzt unmöglich verlassen.

»Ich muss nachdenken und werde zu meiner Mutter fahren.«

»Dein Auto steht noch in Southend«, gebe ich zu bedenken.

»Ich werde den Zug nehmen.«

»Nein, das kommt nicht infrage. Wenn du schon fährst, dann nimm den Rover, das ist sicherer.«

»Wieso? Du hast doch schon dafür gesorgt, dass ich jetzt sicher bin.«

Mir entgeht die Ironie ihrer Worte nicht, dennoch nimmt sie den Autoschlüssel, den ich ihr hinhalte. Sie zieht den Ring von ihrer Hand und hält ihn mir hin. Ich will ihn nicht zurück, schüttele den Kopf und drehe mich weg. Nein, ich will nicht wahrhaben, dass sie mich verlässt. Sie darf nicht gehen, und dennoch halte ich sie nicht zurück. Alisa legt den Ring behutsam auf dem Couchtisch ab, berührt ihn noch einmal mit dem Finger, dann dreht sie sich um und geht. Bevor sie die Tür erreicht, rufe ich noch einmal ihren Namen und sie hält in der Bewegung inne, ohne mich anzusehen. »Wie hätte es ausgesehen, wenn Stuart mein Leben bedroht hätte und du über Leben und Tod zu entscheiden gehabt hättest? Hättest du mein Leben für seines gegeben? Was sagtest du noch: *Ich stehe zu dir?*«

Ihre Augen füllen sich mit Tränen und dennoch verlässt sie mich.

Johns Frage hängt mir nach und will mir einfach nicht mehr aus dem Kopf gehen. Wie hätte ich entschieden? Ich weiß es einfach nicht. Der Gedanke, einen Menschen zu töten, ist mir unerträglich. Dennoch würde ich John niemals opfern. Ich bin einfach zu verwirrt, um einen klaren Gedanken zu fassen. Als nach zwei Stunden Fahrt endlich das Haus meiner Mutter in Sicht kommt, fühle ich mich wohler.

Sie ist nicht zu Hause, sondern mit Lennox unterwegs. Beatrice, die Putzfrau, hilft mir, die Sachen in meinem Zimmer zu verstauen, dann mache ich mich auf den Weg zum Strand.

Der Himmel ist bedeckt und so früh am Morgen sind nicht viele Touristen unterwegs, daher erkenne ich meine Mum schon vom Weiten. Lennox sieht mich und läuft mir wie ein Besessener entgegen. Laut bellend springt er an mir hoch, verteilt Sand auf meiner Kleidung, doch ich schließe ihn in die Arme, rolle mit ihm über den Strand.

»Hallo, mein Hübscher, na, hattest du Sehnsucht nach mir? Ich habe dich sehr vermisst und werde dich nicht mehr allein lassen, versprochen.«

Er bellt und leckt mir dann über das Gesicht.

Obwohl ich ihm das verboten habe, lasse ich es zu. Ich kann diesem braunen Labrador einfach nichts abschlagen.

»Hallo, mein Mädchen.«

»Mum.« Ich springe auf, klopfe mir den Sand von der Kleidung und schließe sie in meine Arme.

»Was ist los?«

Die Tränen fließen, ohne dass ich etwas sagen kann.

»Hat er dich geschlagen?«, ist die erste Vermutung meiner Mutter, doch ich schüttele den Kopf und versuche den Heulkrampf in den Griff zu bekommen.

»Hat er etwas anderes angestellt?«

Ich nicke. »Ja«, hole ich schluchzend Luft, »etwas viel Schlimmeres, aber ich kann nicht darüber reden. Wirklich nicht. Es würde dich zu einer Mitwisserin machen.«

»So schlimm?«

»Ja.«

»Du hast gewusst, für wen du arbeitest, Alisa. Also war dir auch klar, in wen du dich verliebst. Für Selbstvorwürfe ist es jetzt ein bisschen spät, findest du nicht auch?«

Ich blicke sie überrascht an. Irgendwie habe ich erwartet, dass sie sich sofort auf meine Seite stellt, doch mit dieser Antwort habe ich nicht gerechnet.

»Du scheinst gar nicht überrascht zu sein«, meine ich nachdenklich.

»Ich habe einige Informationen über John eingeholt.« Sie lacht. »Ja, auch deine Mutter kann mittlerweile mit dem Internet umgehen. Er ist eine ganz große Nummer in der Unterwelt, auch wenn er sich sehr bedeckt hält. Er war die rechte Hand von Bad Berry.«

»Ja, ich weiß«, gebe ich zu. »Aber er hat ihn nicht umgebracht«, schieße ich sofort hinterher.

»Du weißt aber nicht, dass ich Berry kannte.«

Fassungslos schaue ich sie an. »Du kanntest ihn? Woher?«

Ich kann es nicht glauben. Wieso ist meine Mutter mit all diesen Dingen vertraut? Es gibt Teile in ihrem Leben, die mir unbekannt sind und im Dunkeln liegen, weil sie nie darüber gesprochen hat, doch so langsam scheinen sie ans Licht zu kommen.

»Ich habe ihn als junge Frau kennengelernt«, gibt sie zu.

»Und weiter?«, will ich wissen. Wenn sie schon darüber redet, will ich auch die ganze Geschichte erfahren.

Sie hebt hilflos die Schultern. »Und was soll ich sagen, ich habe mich in ihn verliebt. Berry war ein toller Mann. Er sah sehr gut aus, war deinem John sehr ähnlich. Groß und stattlich, mit blondem Haar und wunderschönen hellblauen Augen. Nicht so britisch, wie man vermuten würde. Wir besuchten dieselbe Schule. Er war einige Klassen über mir. Schließlich sind wir uns wiederbegegnet und dann ist es passiert.« Ihr Gesicht leuchtet richtig, als sie mir jetzt von Berry berichtet, so kenne ich meine Mutter gar nicht. Doch die Art und Weise, wie sie diesen letzten Satz betont, kommt mir merkwürdig vor.

»Was genau ist passiert?«, frage ich vorsichtig nach.

Sie presst ihre Lippen aufeinander und weicht meinem Blick aus.

»Mum, findest du nicht, dass jetzt der Zeitpunkt gekommen ist, mir die Wahrheit zu sagen?«

Sie knetet ihre Finger und schaut sich nach Lennox um, der Richtung Wasser abgezischt ist.

»Er war dein Vater.«

Ihre Stimme ist so leise, dass ich sie kaum verstehe, doch diese vier kleinen Worte, die meine Welt ins Wanken bringen, begreife ich dann doch sehr gut.

»Mein Vater?«, frage ich fassungslos.

Meine Mum nickt und blickt mich dann entschuldigend an. »Es tut mir leid, dass ich es dir nicht eher gesagt habe. Aber ich wusste einfach nicht, wie. Wie erklärt man seinem Kind, dass sein Vater einer der größten Gangster des Landes ist? Ich habe es mir immer vorgenommen, doch irgendwann war der Zeitpunkt überschritten und du hast auch nie nachgefragt, daher hielt ich es für das Beste, zu schweigen.«

»Warum brichst du es jetzt?«, frage ich nervös nach. Es muss doch einen Grund geben, dass sie genau jetzt, nach all den Jahren, ihr Schweigen bricht.

»Weil du mit John zusammen bist.«

»Was hat das eine mit dem anderen zu tun?« Ich verstehe einfach nicht, worauf sie hinauswill.

»Alisa, ist das so schwer zu verstehen? John war Berrys rechte Hand. Berry war einige Jahre älter als er. Du musst doch nur eins und eins zusammenzählen, dann erkennst du, worauf ich hinauswill.«

Jetzt macht es auch bei mir Klick. »Du meinst, John könnte ebenfalls ein Kind von Berry sein?«

Ich sehe Tränen in den Augen meiner Mutter. »Möglich wäre es. Ich weiß, dass er ein weiteres

Kind mit einer anderen Frau hatte. Allerdings nicht, ob es ein Junge oder ein Mädchen war. Es hat mich nie interessiert. Doch jetzt, wo du John liebst, müssen wir alle Eventualitäten ins Auge fassen.«

Mein Gott! Wenn das wahr ist, dann habe ich ... nein, diesen Gedanken will ich auf keinen Fall zu Ende denken.

John darf einfach nicht mein Bruder sein! Das ist ein Ding der Unmöglichkeit. So hoffe ich zumindest.

»Warum hast du nicht eher etwas gesagt?«

»Ich weiß es nicht. Es tut mir leid, mein Kind, dass ich gezögert habe. Dieser Gedanke ist mir selbst erst vor einigen Tagen gekommen.«

»Weiß John, dass Berry mein Vater ist?«

»Ich habe keine Ahnung.« Meine Mum blickt mich ratlos an. »Hat er mal irgendetwas erwähnt?«

Ich schüttele den Kopf. »Nein, er hat immer davon gesprochen, dass Berry ein guter Freund war, etwas, was einem Vater sehr nahe kommt, waren seine Worte.«

Mum nimmt mich in die Arme. »Das tut mir alles so leid, mein Kind. Ich hätte viel eher mit der Sprache herausrücken sollen. Was ist denn nun zwischen euch geschehen?«

Ich schaue mich um, um zu prüfen, ob auch

niemand in der Nähe ist, der uns belauschen oder meine Worte versehentlich aufschnappen könnte. »John hat Stuart getötet«, bringe ich leise über die Lippen.

Mum blickt mich an und scheint in keiner Weise verstört. »Sag was«, meine ich.

»Ich bin froh, dass er es getan hat. Nichts anderes als den Tod hat dieser Mann verdient.« Die Kälte in der Stimme meiner Mutter schockt mich. Was muss ihr im Leben zugestoßen sein, dass sie so hart urteilen kann?

»Mum? ...«

»Nein, Alisa. Stuart war ein Bastard. Hast du vergessen, wie er dich zugerichtet hat? Ich hätte dich um ein Haar verloren. John hat das erledigt, was ich getan hätte, wenn dieses Scheusal dich nicht in Ruhe gelassen hätte.«

Ihre Hände zittern, sie kann die Wut kaum noch unterdrücken.

»Mum, es tut mir leid. So leid. Was musstest du alles auf dich nehmen?« Ich habe einfach keine anderen Worte. Nie habe ich darüber nachgedacht, was das alles bei meiner Mutter bewirkt hat. Hat das vielleicht schlechte Erinnerungen in ihr wachgerüttelt? Hat Berry sie eventuell selbst so behandelt? Hat Mum obendrein etwas mit Berrys Tod zu tun?

»Berry, hat er dich auch ...?« Ich bringe den Satz nicht über meine Lippen.

»Nein ... o nein, Kind. Berry hat gut für uns gesorgt. Er hat mir dieses Haus hier in Southend gekauft, nachdem du geboren wurdest. Er wollte nicht, dass du in London aufwächst. Er hat dich oft besucht, auch wenn du daran bestimmt keine Erinnerungen haben wirst. Er war wirklich ein guter Vater. Nach seinem Tod hat er mir eine Menge Geld hinterlassen, das ich für dich angelegt habe. Auch wenn unsere Liebe zueinander so schnell verflogen ist, wie es begonnen hatte, ist er mir in all den Jahren ein guter Freund gewesen. Mochte er auch noch so ein großer Gauner sein, aber er war ein aufrichtiger Mensch, wenn es um seine Familie ging.«

Ich friere und schlinge die Arme um meinen Körper.

»Komm nach Hause, du kannst jetzt sicher etwas Warmes gebrauchen, und ich auch.«

KAPITEL 26

Als wir am Haus meiner Mutter ankommen, rechne ich damit, dass John auf uns wartet, doch es ist nichts von ihm zu sehen. Da ich mit seinem Wagen gekommen bin, weiß ich jetzt nicht, wie ich meinen Wagen zurück nach London schaffen soll. Am Montag muss ich wieder zur Arbeit erscheinen, egal wie es zwischen uns steht. Denn ich werde mir auf jeden Fall eine neue Wohnung suchen müssen und dazu brauche ich das Geld.

Mum holt die Post aus dem Briefkasten und stutzt, dann reicht sie mir einen Brief. »Der ist für dich, aber es gibt keinen Absender.«

Ich kenne diesen Umschlag. Es ist der gleiche,

den ich erhalten habe, als mir Stuart die Bilder übersandt hat. Hastig öffne ich ihn und finde wieder Bilder. Sie zeigen mich mit Stuart im Restaurant, wie ich zu John ins Auto steige, wie er mich stürmisch küsst.

»Verdammt!«, meine ich wütend. Es gibt eine Nachricht, wieder mit Buchstaben, ausgeschnitten aus der Times. *Lass ihn in Ruhe, sonst bist du tot!*

Mum schaut mir über die Schulter und holt hektisch Luft. »Wer schickt dir solche Nachrichten?«, fragt sie erbost.

»Ich habe keine Ahnung. Es ist schon der zweite Brief, den ich erhalte. Verflucht, ich dachte, Stuart würde dahinterstecken.«

»Aber Stuart ist tot.«

»Ja, das dachte ich auch. Entweder ist er gar nicht tot, oder diese Drohungen stammen nicht von ihm.«

»Es wäre das Beste, wenn du John darüber informierst«, rät sie mir.

»Nein, auf keinen Fall. Ich kann das nicht. Ich bin gegangen, jetzt kann ich ihn nicht einfach anrufen und so tun, als wäre nichts passiert. Mum, das musst du verstehen.«

Ich klinge sehr verzweifelt, was ich auch bin. Zu gerne würde ich John sagen, dass mir alles so leidtut, doch wie würde er reagieren? Ich bin einfach nicht mutig genug, meinen Fehler einzugestehen.

Nachdem ich mich bei der Polizei erkundigt habe, ob meine Wohnung freigegeben wurde, beschließe ich, nach London zurückzufahren. Ich will John seinen Rover zurückgeben und darf auch endlich wieder in meine Wohnung. Das Blut hat sich als Schweineblut herausgestellt. Laut Polizei haben Vandalen die Terrassentür aufgebrochen, die Räume durchwühlt und die Sauerei hinterlassen. Zwar wurde die Tür versiegelt, doch nun darf ich die Wohnung wieder betreten. Mir graut davor, was ich vorfinden werde.

Den Rover parke ich in der Tiefgarage und will die Schlüssel für John hinterlegen, doch anstatt der Putzfrau öffnet John mir selbst die Tür.

»Alisa«, meint er überrascht und ein Lächeln zeigt sich auf seinem Gesicht. Ich kann nicht anders, als es zu erwidern.

»Du bist schon wieder da?«, fragt er überrascht.

»Ja, ich bin hier, weil meine Wohnung freigegeben wurde. Das Blut war Tierblut. Da hat sich wohl jemand einen bösen Scherz mit mir erlaubt. Aber vorher wollte ich dir noch deinen Wagen zurückbringen und dir das hier zeigen.«

Ich ziehe den Umschlag aus der Tasche und sehe, dass John ihn sofort erkennt.

»Möchtest du nicht reinkommen?«, fragt er und schaut sich im Hausflur um.

Ich betrete die Wohnung und sehe erst jetzt, dass John nur eine kurze Jogginghose trägt.

»Habe ich dich gestört?« Ich werfe einen fragenden Blick in Richtung Schlafzimmer.

»Nein, ich habe nur ein wenig trainiert.« Sein Tonfall sagt mir, dass er mir diese Frage übel nimmt. »Ein wenig überschüssige Hormone abbauen.«

»Ach so«, meine ich und nicke.

Ich muss mich räuspern, diese Situation ist merkwürdig. Wir stehen uns wie zwei Fremde gegenüber, dabei möchte ich nichts anderes als mich in seine Arme werfen.

»Kann ich dir etwas anbieten?«

»Du bist nicht im Büro?« Wir sprechen beide gleichzeitig. John dreht mir den Rücken zu und ich sehe das riesige Tattoo. Diese riesigen Engelsflügel, jede einzelne Feder ist präzise ausgearbeitet. Es muss Tage gedauert haben, dieses Tattoo zu stechen. Dabei ist er alles andere als ein Engel. Ohne darüber nachzudenken, strecke ich die Hand aus und berühre seine Haut. Er bleibt stehen, rührt sich nicht von der Stelle. Seine Haut ist feucht, dabei duftet er so männlich, dass ich nicht anders kann, als meine Lippen auf seine zarte Haut zu drücken.

»Ich liebe dieses Tattoo«, murmele ich und taste mich immer weiter vor.

»Nur meine Tätowierung?«, fragt er und atmet tief ein.

»John, bitte beantworte mir eine Frage: War Bad Berry dein Vater?«

Für eine Sekunde hält er den Atem an. Ich habe Angst vor der Antwort, denn ein Ja würde mein Leben ins Chaos stürzen.

»Nein, war er nicht. Berry war knapp vierzehn Jahre älter als ich. Wieso fragst du?«

Er dreht sich nicht zu mir um, seine Frage hängt wie eine reife Traube im Raum und mir kommt ein bestimmter Verdacht. »Du hast gewusst, dass Berry mein Vater war.«

Angestrengt atmet er aus, lässt die Luft aus seinen Lungen.

»Ich bin mir sicher, dass du es wusstest. Warum hast du es mir nicht gesagt?«

»Es war nicht meine Aufgabe, es dir zu sagen. Berry hat mir nur das Versprechen abgenommen, dass ich auf die achtgebe, für dich sorge. Es dir zu sagen, war allein Mabels Aufgabe.«

Ich halte in meiner Bewegung inne und denke einen Moment über seine Worte nach. »Das ist also der Grund, warum du mit mir zusammen bist? Weil du Berry ein Versprechen gegeben hast?«, frage ich und die Erkenntnis bricht mir fast das Herz.

John dreht sich zu mir um, blickt mich ernst an. »Nein, Alisa. Das ist nicht der Grund. Ja, er hat mich beauftragt, auf dich aufzupassen, doch wenn er wüsste, dass ich mich in dich verliebt habe, würde er mir die Eier abschneiden. Er hat gewollt, dass du versorgt bist, einen guten Job hast, den ich dir gegeben habe, aber dass du in meinem Bett landest, hätte Berry niemals zugelassen. Er hätte gewollt, dass du einen ehrbaren Mann heiratest, jemanden, der deiner würdig ist. Berry hätte nicht gewollt, dass ich dieser jemand bin.«

»Du bist alles, was ich jemals wollte. Ich hätte mich niemals Berrys Wünschen gebeugt. Ich liebe dich, John, nur dich.« Verzweifelt strecke ich die Hand nach ihm aus, berühre den trainierten Bauch, fahre seine Haut zu dem Hosenbund hinunter. »Alles, was ich jemals wollte«, flüstere ich und schmiege mich an seine Brust. Es ist nichts, worüber ich länger nachdenken muss. Egal, was John getan hat, er hat es aus Liebe zu mir getan. Wie könnte ich ihn dafür verurteilen? Stuart war ein kranker Sadist, der mir das Leben zur Hölle machen wollte, John hat mich gerettet.

»Ich kann mir ein Leben ohne dich nicht vorstellen, Alisa. Du bist alles für mich«, flüstert er an meinen Lippen und küsst mich innig.

»Du bist meiner würdig, John. Wie kommst du nur darauf, dass du es nicht wärst? Du bist stark, selbstbewusst, intelligent und sexy. Es gibt niemanden, der dir das Wasser reichen kann. Ich will nur dich.«

»Du hast mich. Schon so lange, ohne dass ich es wusste. Ich liebe dich, Alisa, und ich werde dich vor allem Übel bewahren. Du machst einen liebeskranken Irren aus mir, und ich liebe es.«

Ich muss lächeln und schlinge meine Arme um seinen Hals. »Liebe mich, John. Jetzt.«

Er fährt den Rand meiner Halsfessel entlang, die ich bisher nicht abgelegt habe. »Geh ins Schlafzimmer, ich dusche schnell.«

»Nein, nicht. Ich kann nicht warten, ich liebe deinen Duft, lass uns später zusammen duschen. Bitte.« Ich nehme seine Hand und ziehe ihn Richtung Schlafzimmer. Vor dem Bett ziehe ich meine Kleidung aus, alles bis auf das Halsband.

»Wie willst du mich?«, frage ich und blicke ihn herausfordernd an.

»Im Stehen«, knurrt John und entledigt sich ebenfalls der Jogginghose. Vollkommen nackt steht er vor mir und seine Männlichkeit zeigt mir, wie sehr er mich auch will. Er betritt den begehbaren Kleiderschrank, kommt mit einem Seil wieder heraus. »Gib mir deine Hände«, verlangt er und ich gehorche.

Er bindet meine Hände zusammen und hängt das andere Ende des Seils an einen Deckenhaken. Er ist mir vorher noch nie aufgefallen. Ich stehe mit gestreckten Armen mitten im Raum, berühre aber noch mit den Fußspitzen den Boden.

»Du bist so wunderschön«, murmelt er und streichelt meinen Oberkörper mit seinen Handflächen. Berührt meine Brüste, nimmt sie in die Hände, als wolle er sie wiegen. »Hm, genau richtig. Alles an dir ist einfach perfekt. Du bist so perfekt, perfekt für mich.« Die Hände wandern weiter meine Hüften entlang, über meinen flachen Bauch, hinunter zu den Oberschenkeln, dann über meinen Po.

»Spreiz deine Beine ein wenig.«

Er fährt mit seinen Fingern meine Schamlippen entlang.

»Gott, du bist ganz nass. Heb ein Bein.« Er geht in die Knie und stellt einen meiner Füße auf seinem Oberschenkel ab. »Ja, so ist es gut.« Er beugt sich vor und seine Zunge ersetzt jetzt die Finger.

Ich hole überraschend Luft, als ich seine Zungenschläge spüre. »Gott, das ist so gut!«, wispere ich und lege meinen Kopf in den Nacken.

»Du schmeckst so vorzüglich.« Johns Stimme klingt gedämpft. Mit schnellen Schlägen leckt er mich. Ich spüre seine Zähne in meinem Fleisch und fordere mehr ein. Meine Arme werden langsam schwer, doch ich will noch nicht, dass es vorbei ist.

»Komm für mich«, fordert John.

»Ich kann noch nicht«, wimmere ich hilflos.

»Du kannst. Konzentriere dich.«

»Leck mich. Fester!«, rufe ich laut.

John kommt meiner Aufforderung nach und ich ergebe mich ganz dem Gefühl. Verzweifelt atme ich lautstark ein und aus. »Ja! Mehr!« Ich schreie, kaum noch Herr meiner Sinne. »Ja! Jetzt!« Ich brenne, sehe Sterne und mir wird schwarz vor Augen. Würde ich nicht an dem Seil hängen, wäre die Erdanziehung gegen mich, doch so halte ich mich aufrecht.

»Ja, so will ich dich, mein Liebling. Und jetzt noch mal, wenn ich in dir bin«, bestimmt er und hebt mich hoch, sodass ich meine Beine um seine Hüften schlingen kann. Langsam lässt er mich auf sein Glied nieder, dringt vorsichtig in mich ein. »Gott, ich bin im Himmel«, stöhnt er und stößt langsam zu. Schweiß bildet sich auf seiner Stirn und ich lächele zu ihm hinunter. »Beweg dich«, fordert er mich auf und ich winde meine Hüften. Er hebt mich an der Taille hinauf und wieder runter, sehr vorsichtig, doch dafür ist jetzt nicht der richtige Moment.

»Mehr, gib mir mehr!«, fordere ich ein. Ich brauche diesen Kontakt, die Härte seiner Stöße. Wir werden eins, verschmelzen.

»Ja!«, ruft John und seine Stöße nehmen immer mehr Fahrt auf.

»Komm, bitte! Ich kann nicht mehr! Jetzt, nimm mich!«, keuche ich atemlos und in diesem Moment sehe ich ihm in die Augen, die ganz dunkel vor Verlangen sind. Er schließt sie und donnert einen wilden Schrei heraus. Er ruft meinen Namen und schlingt die Arme um meinen Körper, als er mir seinen letzten Tropfen schenkt.

KAPITEL 27

Und du bist dir sicher, dass Stuart tot ist?«
Dass Alisa unsicher ist, kann ich gut verstehen, nachdem sie weitere Fotos bekommen hat. Ich kann es ja selbst nicht erklären. Aber ich bin sicher, dass Stuart nicht mehr am Leben ist. Er ist mausetot, Angus und Kid haben mir geholfen, die Leiche im Fluss zu versenken. Allerdings scheinen wir dabei nicht sehr erfolgreich gewesen zu sein, wenn man bedenkt, wie schnell die Polizei bei mir aufgetaucht ist, um Alisas und mein Alibi zu überprüfen. Wir mussten jedoch schnell handeln und hatten wenig Zeit, da passieren eben Fehler.

»Ja, mein Liebling, ich bin mir vollkommen sicher. Angus und Kid werden es dir bestätigen.«

»Was? Es gibt Zeugen?«, ruft sie aufgebracht.

»Ich bin nicht allein zu dem Treffpunkt gefahren.«

Nervös knabbert sie an ihrem Daumennagel. »Was ist, wenn die beiden dich erpressen wollen?«

»Das werden sie nicht. Ich habe sie genauso in der Hand wie sie mich.«

»Warum? Sie haben schließlich Stuart nicht erschossen.«

Ich schaue sie vielsagend an.

Man sieht ihr förmlich an, wie ihr Kopf arbeitet. »Oh, du meinst, sie haben bereits auch ...«

Ich nicke. »Ja, wir sind Waffenbrüder, da haut keiner den anderen in die Pfanne. Du kannst ganz beruhigt sein. Beide stehen schon seit langer Zeit auf meiner Gehaltsliste. Wir teilen viele Geheimnisse. Ich würde ihnen jederzeit mein Leben anvertrauen. Ich würde ihnen sogar deines in ihre Hände legen, und du bist mir mehr wert als mein eigenes Leben.«

Sie küsst liebevoll meine Lippen.

»Ich muss jetzt los.« Alisa will aus dem Bett aufstehen, doch ich halte sie zurück.

»Du kannst nicht in deine Wohnung. Es ist viel zu gefährlich. Solange wir nicht wissen, wer hinter diesen Aktionen steckt, lasse ich dich nicht von meiner Seite weichen. Und das ist kein Punkt, über den du mit mir diskutieren kannst, Alisa. Das ist ein Nein, aus dem niemals ein Ja wird.«

Sie blickt mich mit großen Augen an. »Aber ich brauche einige Dinge aus meiner Wohnung. Ich kann unmöglich immer die gleiche Kleidung tragen.«

»Ich kaufe dir, was immer du möchtest, aber ich werde dein Leben nicht für ein paar Klamotten riskieren. Und zu allererst solltest du diesen hier wieder tragen.« Ich nehme ihre Hand und stecke ihr den Verlobungsring an den Finger.

Sie lächelt glücklich. »Na, meine Trennungsaktion ist damit wohl voll in die Hose gegangen.«

»Wenn jede Versöhnung nach einem halben Tag so endet, darfst du dich ruhig öfter von mir trennen«, murmele ich und küsse gierig ihren Hals. »Bleib hier bei mir«, bitte ich sie.

»Du hast so eine Art an dir, die mich oft auf die Palme bringt, aber trotzdem kann ich dir nicht widerstehen«, stöhnt sie unter meinen Küssen, die ich immer weiter auf ihrem Körper verteile.

»Wir müssen ins Büro«, jammert sie.

»Nein, müssen wir nicht. Ich will mit dir hierbleiben, wenn es sein muss, für immer.«

»Das können wir nicht, John. Sei doch bitte realistisch.«

»Solange ich nicht weiß, wer hinter diesen Fotos steckt, will ich dich nicht der Gefahr aussetzen.«

»Du weißt doch gar nicht, ob überhaupt ein Risiko besteht. Wenn es nicht Stuart ist, wer dann? Sarah?«

Ich streichele weiter ihre zarte Haut. »Das würde sie nicht wagen. Aber ich habe keine Ahnung, wer es sonst sein könnte.«

»Vielleicht jemand, den wir entlassen haben. Der mit seiner neuen Arbeitsstelle nicht zufrieden ist. Oder steckst du möglicherweise in Geschäften, die nicht ganz sauber sind?«

»Nein ... nein, es ist alles ganz legal. Ich mache schon lange keine unsauberen Geschäfte mehr.« Ich ziehe Alisa in meine Arme, drücke sie an mich. »Seit ich nicht mehr für Berry arbeite, ich alles sauber. Bitte glaube mir. Du kennst die Zahlen, schließlich arbeitest du schon so lange für mich.«

»Warum arbeite ich für dich? Hast du das eingefädelt? Das kann doch kein Zufall sein!«

»Ja, ich habe bei der Arbeitsvermittlung damals nachgeholfen. Für den richtigen Betrag bekommst du jeden Mitarbeiter, den du willst.«

»Du hast also für mich bezahlt?«, fragt sie entrüstet.

»Alisa, ist das jetzt wichtig? Ich wollte dich und habe dich letztendlich bekommen. Das Wie ist doch jetzt nicht mehr relevant.«

»Mir gefällt der Gedanke nicht, dass du Geld für mich bezahlt hast wie für eine ...« Sie spricht es nicht aus.

»Wie eine Prostituierte, willst du sagen? Das ist doch etwas völlig anderes. Ich habe mein Versprechen an Berry eingelöst, mehr steckt nicht dahinter.«

Alisa schaut mich zweifelnd an, doch dann gibt sie Ruhe. Sie seufzt leise, hebt die Hand und streichelt mein Gesicht. »Ich bin froh, dass ich für dich arbeiten kann. Ich liebe meine Arbeit. Sie macht mir Spaß und ich liebe die Mädels. Wir sind ein gutes Team.«

»Ja, das seid ihr«, stimme ich ihr zu.

»Komm, schwing deinen Luxuskörper aus dem Bett und lass uns ins Büro fahren. Wir sollten uns nicht einschüchtern lassen. Von niemandem.«

»Wir haben heute nicht mehr mit dir gerechnet«, meint Ivy überrascht, als ich mich an den Schreibtisch setze.

»In meine Wohnung wurde eingebrochen«, beginne ich zu erzählen.

»Was?«, ruft Ivy erschrocken.

»Wurde etwas gestohlen?«, meint Pansy.

»Nein, soweit ich es beurteilen konnte, nicht. Aber alles war mit Blut beschmiert.«

»O mein Gott!« Unity schlägt sich die Hand vor den Mund. »Ist dir etwas passiert?«

»Nein, ich war gar nicht zu Hause.«

»Können wir dir irgendwie helfen?«, bietet Ivy an.

»Nein danke. John hat einen Reinigungsservice beauftragt. Doch so wie es aussieht, werde ich bei John einziehen.« Ich muss lächeln, auch wenn der Gedanke für mich beängstigend ist.

»Wirklich? Das geht ja schnell mit euch.« Pansy grinst vielsagend. »Nein, schaut euch diesen Ring an. Hat etwa Mister Heiß-und-Skrupellos dir dieses Schmuckstück geschenkt?«, fragt sie leise und zwinkert mir zu.

»Ja«, meine ich und bekomme das Lächeln nicht aus meinem Gesicht. Unity dreht sich abrupt um und geht in die Küche.

»Hat er etwa um deine Hand angehalten?«

»Was kostet wohl so ein Ring?«

»Was hast du gesagt?«

Die Fragen prasseln auf mich ein, doch ich folge Unity, ohne auf die Mädels zu achten.

Unity steht an der Kaffeemaschine und schenkt sich eine Tasse ein. Ihre Hand zittert leicht.

»Unity, was ist los?« Ich trete nah auf sie zu und rede leise, damit niemand uns belauschen kann.

»Nichts, alles in bester Ordnung. Ich weiß nicht, wovon du redest, Alisa.«

»Unity, seit John und ich zusammen sind, bist du so merkwürdig und ich weiß nicht, was ich davon halten soll.«

»Alisa, komm in mein Büro!« Ich höre Johns Stimme, die ungeduldig bis in die Küche vordringt.

»Geh, sonst flippt er wieder aus.« Unity blickt Richtung Tür.

»Wann hast du Zeit, damit wir mal in Ruhe reden können?«, frage ich sie.

»Heute Abend hätte ich Zeit. Aber ich denke, dass John dich nicht gehen lassen wird.«

Ihre Stimme klingt merkwürdig. Unity hat sich verändert und ich weiß einfach nicht, was los ist.

»Alisa!«

Seine Stimme dröhnt durch das ganze Büro und

ich verdrehe die Augen. John muss lernen, dass ich ihm nur gehorche, wenn ich die Halsfessel trage.

»Ich werde da sein«, meine ich schnell zu Unity und laufe in Richtung Johns Büro.

»Schließ bitte die Tür«, meint er streng und hält mir einige Fotos hin. »Wir haben schon wieder welche bekommen.« Er pfeffert die Bilder auf eine Weise über seinen Schreibtisch, dass sie aufgefächert liegen bleiben. Ich sehe wieder Fotos von John und mir.

»Nur Fotos, oder gab es auch eine Nachricht?«, frage ich aufgeregt nach.

Er hält mir ein Blatt Papier hin. Ich falte es auseinander. Wieder ausgeschnittene Buchstaben aus der Tageszeitung.

Deine letzte Chance! Verlasse die Bitch!

Wow! Das nimmt ganz neue Dimensionen an. »Du wirst also erpresst.«

»Ich werde dich nicht verlassen. Egal, welche Konsequenzen es für mich hat.« John klingt entschlossen und ich weiß, dass ich ihn nicht davon abbringen kann. »Komm her, Baby.«

Er nimmt mich in die Arme, drückt mir einen Kuss auf das Haar.

»Du wirst mich auch nicht los, Mister Fitz-James. Egal was passiert, ich liebe dich und bleibe bei dir. Hör mal, ich treffe mich heute Abend mit Unity. Es ist wichtig, ich muss mit ihr reden. Ist das für dich in Ordnung?«

»Kannst du nicht hier mit ihr reden?« Seiner Stimme ist es anzumerken, dass es ihm ganz und gar nicht recht ist.

»Ist der Brief mit der Post gekommen?«, frage ich, um das Thema zu wechseln.

»Nein, er lag auf meinem Schreibtisch.«

»Also muss ihn jemand hierhergelegt haben. Wer hat denn außer uns noch Zugang zu den Räumen? Die Putzfrauen«, beantworte ich meine Frage selbst.

»Ich werde Kameras überall in den Räumen installieren lassen«, überlegt John.

»Sollten wir nicht vielleicht doch die Polizei einschalten?«, frage ich unsicher.

John schüttelt den Kopf. »Da, wo ich herkomme, erledigt man so etwas auf meine Art. Alisa, pack deine Sachen, ich möchte gerne Lennox abholen. Ich fühle mich wohler, wenn er bei dir ist.«

»Aber dann muss ich das Treffen mit Unity verschieben. Ich glaube nicht, dass sie das gut aufnehmen wird.«

»Liebling«, John umschließt mein Gesicht mit

seinen Händen, »wenn Unity deine Freundin ist, wird sie das verstehen.«

Ich blicke in dieses Meer von grünen Auen und kann nicht anders. John wird mich niemals hier allein zurücklassen. »Gut«, nicke ich. »Ich sage ihr Bescheid.«

KAPITEL 28

Alisa steht mit Unity in der Küche und diskutiert leise. Ich kann ihre Stimmen hören, jedoch nicht genau, was gesprochen wird.

»Ich brauche noch eine Unterschrift, Mister Fitz-James.«

Ivy hält mir ein Schreiben hin und ich nehme es entgegen. Eigentlich will ich so schnell wie möglich hier raus, gehe auf Unitys Schreibtisch zu und suche nach einem Kugelschreiber. Schon in der ersten Zeile entdecke ich einen Schreibfehler und stöhne genervt auf.

»Ivy, das müssen Sie ändern, *geehrte* wird in der Mitte mit einem h geschrieben. Wissen Sie das denn nicht?«, meine ich ärgerlich.

»O Gott, natürlich. Entschuldigung, da ist mir wohl ein Fehler unterlaufen. Ich ändere das sofort.«

»Das hat Zeit bis Montag, legen Sie mir das geänderte Schreiben in der Mappe auf den Tisch«, meine ich etwas ruhiger, denn sie blickt mich panisch an. Was hat diese Frau nur an sich, dass sie immer wie ein verschrecktes Reh im Scheinwerferlicht schaut? Ich zerreiße das Schreiben und werfe es in den Papierkorb unter Unitys Schreibtisch. Mein Blick bleibt an etwas hängen, das ich im ersten Moment nicht zuordnen kann, und ich ziehe den Korb näher zu mir heran. Es ist nicht meine Art, im Abfall meiner Angestellten zu wühlen, doch was ich da zum Vorschein bringe, lässt meine Welt für einen Augenblick aus den Fugen geraten. Schnell schiebe ich den Korb wieder an seinen Platz, als ich Unitys Stimme höre, die gerade aus der Küche kommt.

»Vielleicht ist es besser, wenn wir uns außerhalb des Büros gar nicht mehr sehen«, meint sie bestimmt und kommt geradewegs auf mich zu.

»Wie meinst du das?«, fragt Alisa und schaut mich entschuldigend an.

»Komm bitte. Wir müssen los. Ich will den Wagen noch wechseln, wir nehmen den Rover, um zu deiner Mutter zu fahren«, meine ich bestimmt und muss mich beherrschen, um Ruhe zu bewahren. Ich nehme Alisas Arm und dränge sie praktisch zur Tür.

»Wie soll ich das schon meinen? Du hast dich entschieden«, sagt Unity und wirft mir einen kurzen Blick zu, dann schaut sie Alisa an.

»Das kann nicht dein Ernst sein.« Alisa wendet sich ab und verlässt das Büro, dicht gefolgt von mir.

»Was war los?«, frage ich sie, während wir ins Auto steigen.

»Ich weiß einfach nicht, was mit Unity los ist. Seit wir beide zusammen sind, verhält sie sich merkwürdig. Dabei hat sie doch diese Überraschung an meinem Geburtstag für mich organisiert. Ich weiß nicht, was ich davon halten soll.« Alisa schüttelt verwirrt den Kopf und schnallt sich an.

»Sie hat einen der Jungs für dich gebucht, nicht mich«, kläre ich sie auf.

»Und wieso bist du aufgetaucht?«

»Weil ich es nicht ertragen hätte, wenn Angus dich auch nur berührt hätte. Ich wäre völlig durchgedreht.« Ich schenke ihr ein entschuldigendes Lächeln.

»Glaubst du, sie ist eifersüchtig?«

»Ich glaube noch ganz andere Dinge«, gebe ich zu.

»Wie bitte?«

»Ich bin da an etwas dran, aber mir noch nicht sicher.«

Während ich im Rover auf John warte, führt er ein paar geheimnisvolle Telefonate. Er steht ungefähr einen Meter vom Wagen entfernt, doch ich kann nicht verstehen, was er sagt. Langsam wird mir wirklich mulmig zu Mute. Auch wenn es bisher nur Fotos und Drohungen gegen John und mich gab, habe ich pausenlos das Gefühl, beobachtet zu werden.

Endlich steckt John das Smartphone in seine Tasche und hilft mir aus dem Wagen.

»Warum durfte ich denn nicht schon mal zu meiner Mutter ins Haus gehen?«, frage ich aufgeregt. Seine Geheimnistuerei geht mir langsam auf die Nerven.

Ich klopfe an die Tür, doch niemand öffnet. Die Gäste sind um diese Uhrzeit, jetzt am Nachmittag, mit Sicherheit noch am Strand, aber Mum muss doch da sein. »Lass uns durch den Garten gehen«, schlage ich vor.

Wir gehen zum Tor, das offen steht. »Hallo!

Mum?«, rufe ich laut und betrete den Rasen. Die Terrassentür steht auf; sie ist also zu Hause.

»Mum?«, rufe ich erneut, als ich in das Wohnzimmer komme. Doch auch hier ist nichts zu sehen und Lennox ist auch nicht da.

»Vielleicht ist sie mit Lennox zum Strand hinunter«, meint John und läuft in den Flur, um dort nachzusehen.

»Alisa, komm schnell.«

Seine Stimme versetzt mich in Panik. Ich laufe ihm hinterher und sehe meine Mutter. Sie liegt am unteren Teil der Treppe. Im ersten Moment denke ich, sie ist tot, doch als John nach ihrem Arm greift, bewegt sie sich leicht.

»O mein Gott! Was ist passiert!«, rufe ich aufgebracht.

»Ruf den Notarzt und die Polizei!«, weist John mich aufgeregt an.

Ich ziehe mein Handy aus der Tasche, wähle den Notruf und beantworte alle Fragen präzise, die mir gestellt werden. Ich bewahre die Ruhe, dabei sind meine Nerven angespannt, ich habe Angst, gleich das Bewusstsein zu verlieren.

»Wie geht es ihr?«, frage ich aufgeregt, als ich auflege.

»Sie kommt immer wieder zu sich. Der Puls ist unregelmäßig.«

»Mum!« Ich beuge mich zu ihr hinunter, streichele ihren Kopf.

»Alisa«, kommt es ihr über die Lippen. Sie hat die Augen geschlossen, doch ist irgendwie bei Bewusstsein.

»Was ist passiert? Bist du gefallen?«, versuche ich es.

»N...nein«, flüstert sie leise. »Frau ... w...wollte Lennie«, verstehe ich. Fragend blicke ich John an.

»Eine Frau wollte Lennie abholen?«

»Ja«, bringt sie über die Lippen.

»Wo ist Lennox jetzt?«, fragt John in ruhigem Ton.

Ich streiche meiner Mum das Haar aus dem Gesicht. Meine Hände zittern ganz fürchterlich.

»Weg ... z...zum Strand g...ge...laufen.«

»Lennox ist zum Strand gelaufen?«, fragt John nach.

»Ja.« Der Kopf meiner Mutter fällt ein wenig zur Seite und im ersten Moment befürchte ich das Schlimmste, doch ihre Brust hebt und senkt sich - sie hat nur das Bewusstsein wieder verloren.

Ich höre die Sirene des Krankenwagens und kurze Zeit später ist das Haus voller Sanitäter und

Polizisten. Ich erkläre kurz, was passiert ist, und der Arzt meint, dass meine Mutter wohl einen Schlag auf den Kopf bekommen haben muss.

»Jemand hat meine Mutter überfallen, weil er unseren Hund haben wollte«, erkläre ich dem Polizisten.

»Ihren Hund? Ist er denn sehr wertvoll?«

»Nein, ein brauner Labrador. Ich habe keine Ahnung, was das soll.« Ich drehe mich zu John um, kann ihn aber nicht sehen. »Mein Freund ...«

»Was ist mit ihrem Freund?«

»Er war gerade noch hier und jetzt ist er ...« Ich schaue mich suchend um.

»Ihm gehört der Hund, also eigentlich uns beiden. Meine Mum war kurz bei Bewusstsein und sagte, er wäre zum Strand gelaufen. Eine Frau wollte ihn abholen. Es hörte sich ziemlich wirr an.«

»Zum Strand? Lassen Sie uns dort nachsehen«, schlägt der Polizist vor.

Nachdem meine Mutter in den Krankenwagen gehoben wird, laufen wir mit schnellen Schritten Richtung Strand. Er leert sich mittlerweile, weil die Sonne nicht mehr so hoch am Himmel steht und eine frische Brise aufkommt. Zunächst können wir nichts sehen, doch dann hören wir Hundegebell.

»Dort entlang«, weist mich der Polizist an und

zeigt links den Strand hinunter, dorthin, wo Hunde erlaubt sind.

Ich kann nicht anders, meine Schritte werden immer schneller, als ich laute Stimmen höre. Hinter einer Biegung bleibe ich abrupt stehen, als John in mein Sichtfeld kommt. Er steht bewegungslos einige Meter von mir entfernt, weil er mit einer Waffe bedroht wird.

»Unity!«, rufe ich überrascht aus. »Unity, was machst du hier?« Ich kann im Moment nicht zusammenbringen, was meine Augen sehen und mein Kopf denkt.

»Sie hat uns die Bilder geschickt«, meint John leise.

»Sie?« Ich kann es nicht glauben. »Aber warum? Was soll das, Unity? Warum machst du das?«, wende ich mich jetzt direkt an meine Freundin.

»Miss, legen Sie bitte die Waffe weg«, ruft der Polizist hinter mir, doch Unity schaut nur mich an. Ihr Blick ist hasserfüllt.

»Warum?« Sie lacht laut auf. »Das fragst gerade du?« Sie richtet die Waffe nun in meine Richtung.

»Miss, bitte legen Sie die Waffe nieder!« Der Polizist spricht leise in sein Funkgerät und will mich zur Seite ziehen.

»Keiner bewegt sich!«, ruft Unity. Dann fängt ihr Blick mich wieder ein. »Du hast doch alles bekommen. Nicht nur, dass unser Vater für dich gesorgt hat, nein, du musst dir auch noch John schnappen. Du hast alles im Leben, was ich wollte«, ruft sie aufgebracht.

»Sie hat die Drohbriefe geschickt, es wurde mir in dem Augenblick klar, als ich die Zeitungsschnipsel in ihrem Papierkorb fand.« John lässt sie keine Sekunde aus den Augen.

»Du hast sogar den bescheuerten Hund bekommen«, schreit Unity aufgeregt.

Wie auf Kommando reißt Lennox an der Leine, schafft es, sich loszureißen, und hechtet auf mich zu.

»All die Jahre hat Berry sich um dich gekümmert und mich links liegen lassen. Aber du konntest einfach nicht genug bekommen, nein, du musstest mir auch noch John nehmen.«

Ich blicke John verblüfft an. »Du warst mit Unity zusammen?«

Er schaut mich verwirrt an. »Nur in ihren Träumen.«

»Er hätte mich gewählt, wenn du nicht dazwischengefunkt hättest!« Unity fuchtelt mit der Pistole und der Polizist wird langsam unruhig.

»Du bist ebenfalls Berrys Tochter? Warum hast du mir nie gesagt, dass wir Halbschwestern sind, wenn du es wusstest? Wir waren Freundinnen. Warum setzt du das alles aufs Spiel?« Ich verstehe sie einfach nicht. »Dann hast du meine Wohnung verwüstet?«

»Ja, aber selbst das hat nicht geholfen. Du hast immer alles gehabt - eine wunderbare Mutter, einen Vater, der sich um dich gekümmert hat. Du hast mein Leben geführt und jetzt bekommst du auch noch John. Den Mann, den ich liebe. Aber du wirst ihn mir nicht wegnehmen.«

»Miss, wenn Sie nicht sofort die Waffe niederlegen ...«

Unity stößt ein wildes Lachen aus. »Nicht bevor ich die da erledigt habe.« Sie richtet die Pistole auf mich und zielt.

»Nein!«, schreit John und der Polizist zieht ebenfalls seine Waffe.

Ein lauter Knall ertönt, kurz darauf ein zweiter, und ich höre Johns Stimme. »Alisa!«, schreit er laut und wirft sich auf mich, begräbt mich mit seinem Körper.

Ich sehe nur Rot. Überall Blut, und ich habe keine Ahnung, ob es mein Blut ist oder Johns. Doch dann sehe ich, wie das Rot sein weißes Hemd durchtränkt. Ich darf ihn nicht verlieren. Ich gehöre ihm und er mir. Ich liebe John. Man darf ihn mir nicht nehmen. Der Schmerz in meinem Herzen ist unerträglich. Mir ist, als wenn man es mir bei lebendigem Leib herausreißt. Nein, er muss leben.

»Ich liebe dich, John!«, rufe ich, doch es kommt nur als ein Flüstern über meine Lippen. Und das Letzte, was ich erblicke, ist der warme Sand unter mir, der sich auch rot färbt.

EPILOG

Ich stehe vor der Tür mit der Nummer sieben und kann es kaum erwarten, dass sie sich öffnet. Mit zittrigen Fingern schiebe ich die Codekarte in den Slot. Ich habe die Karte auf dem Postweg erhalten, mit einem Hinweis auf Datum und Uhrzeit.

Vorsorglich habe ich mich in Schale geworfen. Ich trage ein neues Kleid. Ziemlich kurz, mit silbernen Pailletten bestickt, dazu die passenden Schuhe. Das Outfit hat ein Vermögen gekostet, doch John hat darauf bestanden, dass ich es kaufe.

Nachdrücklich schließe ich die Tür hinter mir, der Raum ist relativ dunkel und ich muss mich erst einmal an das schummrige Licht gewöhnen.

»Ich habe schon gedacht, Sie würden nicht kommen.«

Die Stimme verschafft mir nach all der Zeit immer noch eine Gänsehaut.

»Ich war mir auch nicht sicher, ob ich kommen soll. Immerhin bin ich eine verheiratete Frau.«

»Was wird nur Ihr Ehemann dazu sagen, wenn er erfährt, dass Sie sich mit mir getroffen haben?« Er kommt auf mich zu und reicht mir ein Glas Champagner, das ich lächelnd entgegennehme.

»Dann sollten wir es ihm vielleicht nicht erzählen«, meine ich keck und trinke einen Schluck.

»Nein, das sollten wir wirklich nicht«, meint er, nimmt mir das Glas ab und leert es in einem Zug.

»Sie sehen wunderschön aus, Misses Fitz-James.«

»Danke für das Kompliment, Mister Fitz-James. Mein Mann hat darauf bestanden, dass ich genau dieses Kleid kaufe.«

»Ihr Mann hat wirklich einen hervorragenden Geschmack«, meint John und zieht mich in seine Arme, küsst mich hungrig.

»Sie schmecken genauso gut, wie Sie aussehen, Misses Fitz-James«, murmelt er an meinen Lippen. »Hört es sich für dich nicht genauso wunderschön an wie für mich? Alisa Fitz-James.«

Ich strahle ihn an und nicke. »Ja, ich kann es immer noch nicht glauben, dass du hier lebend vor mir stehst.«

»Du glaubst doch nicht, dass eine kleine Kugel mir etwas anhaben kann. Ich bin kugelsicher.«

Vorsichtig öffne ich die Knöpfe seines Hemds und ziehe es ihm aus. An der Schulter, wo die Kugel aus Unitys Waffe eingedrungen ist, trägt John noch ein großes Pflaster. Ich berühre die Stelle leicht. »Tut es noch weh?«, frage ich besorgt. Obwohl John schon vor zwei Wochen aus dem Krankenhaus entlassen wurde, stockt mir immer noch der Atem, wenn ich an die Szene am Strand zurückdenke. Als John angeschossen auf mir zusammenbrach und Unity, von der Kugel des Polizisten tödlich getroffen, in sich zusammensackte. Im ersten Moment glaubte ich, auch John verloren zu haben, doch die Kugel hatte seine Schulter durchschlagen. Lennox hatte sich winselnd neben ihm in den Sand gelegt und so lange bewacht, bis die Sanitäter eintrafen. Für mich kam das alles wie eine Ewigkeit vor. Am Tag, als John aus dem Krankenhaus entlassen wurde, fand Unitys Beerdigung statt und er ließ es sich nicht nehmen, mich zu begleiten, um meiner Halbschwester die letzte Ruhe zu geben.

Ich denke nur an die schönen Zeiten zurück, die ich mit Unity verbracht habe. Niemals hätte ich vermutet, dass sie und ich verwandt sind, und ich habe auch keine Ahnung, was ihren Hass auf mich so geschürt hat, doch ich würde lügen, wenn ich behaupten würde, ihr Tod täte mir nicht leid. Dass sie jedoch auf mich geschossen hat und dabei beinahe John getötet hätte, den Mann, den ich mehr liebe als mein eigenes Leben, werde ich ihr nie vergeben können.

»Ich hatte mir eigentlich mehr von diesem Abend erhofft«, meint John schmunzelnd. »Wo bist du mit deinen Gedanken?«

»Meine Mum hat uns übers Wochenende eingeladen. Sie meint, Lennox würde uns vermissen.«

»Wie sehr ich meine Schwiegermutter auch liebe, aber sie ist im Moment die letzte Person, über die ich hier sprechen will. Immerhin hat sie mir gedroht, mir das Genick zu brechen, sollte ich dich unglücklich machen. Und ich glaube, Mabel ist eine Frau, die meint, was sie sagt.«

»Ich bin froh, dass es Mum wieder gut geht. Die Gehirnerschütterung ist abgeklungen und wir sollten sie besuchen. Sie macht sich Sorgen um dich, und ich will Lennox wiedersehen.« Meine Hände wandern seinen wundervollen Sixpack entlang, streicheln die zart gebräunte Haut. »Und immerhin bin ich die Tochter meiner Mutter, ich meine auch, was ich sage.«

»Ich bin ganz Ohr«, raunt er mir zu und beugt sich zu mir herunter.

»Ich werde dir heute den Himmel auf Erden bereiten. Wie hört sich das für dich an?«

»Sehr gut, ich habe mir allerdings etwas anderes erhofft.«

»So, was denn?«, frage ich scheinheilig.

»Wie wäre es mit einem *Ich liebe dich?*«

»Ist das so?«

Er lächelt. »Du entlockst mir all meine Geheimnisse. Ja, ich liebe dich, sogar mehr als mein Leben«, gibt er zu und mein Herz macht einen Sprung, wie jedes Mal, wenn er diesen Satz sagt.

»Weißt du, warum das so ist?«

John zieht die Augenbrauen fragend zusammen.

»Die wahre Liebe ist wie eine Geistererscheinung. Alle reden darüber, aber nur wenige haben sie je gehen. Doch wir beide wissen, wovon wir sprechen. Ich liebe dich«, meine ich leise.

»Könntest du das noch einmal wiederholen, wenn du dein Kleid abgelegt hast?«

»Warte.« Ich öffne mit geübten Griffen seinen Gürtel, ziehe ihm den Rest seiner Kleidung aus und bitte ihn, sich auf das Bett zu legen. Dann hole ich mein Handy aus der kleinen Handtasche, die ich mitgebracht habe, und docke es an der iPod-Station an, die im Raum steht. Ich liebe die Zimmer, die im *My Mind* vermietet werden - sie sind mit allem ausgestattet, was das Liebesspiel interessant macht.

High for this von *The Weeknd* erklingt und ich bewege meine Hüften langsam zur Musik, ziehe dabei mein Kleid aus.

Ich sehe, wie John tief einatmet und die Augen nicht mehr von mir lassen kann. Ich recke meine Hände in die Höhe, lasse mein langes Haar den Rücken hinabgleiten, nachdem ich die Klammer gelöst habe, die es hochhielt, löse den Verschluss meines BHs und lasse ihn achtlos auf den Boden fallen, fahre mit den Händen über meine Brüste.

»Gott, Croft, lass bloß diese geilen High Heels an«, keucht John und ich muss lächeln, ihn ganz erregt zu erleben.

Ich steige zu ihm auf das Bett und sehe seine steil aufragende Männlichkeit, wie sie förmlich nach mir schreit.

»Irrtum, ab sofort heißt es nicht mehr Croft. Es heißt nur noch Fitz-James. Los, sag es!«, fordere ich ihn streng auf und streiche über meine Halsfessel, die ich trage und die bisher von dem Kleid verdeckt wurde. Ich setze mich über seine Hüfte, fahre mit den Nägeln seine Muskeln entlang, sodass weiße Striemen zurückbleiben.

John holt zischend Luft. »Verdammt, Fitz-James! Du machst mich süchtig nach dir. Du bist wie eine Droge, die mich high macht.«

Ich lecke mir über die Lippen und schaue ihn mit halb geschlossenen Augen an. Dann beuge ich mich vor, doch anstatt ihn zu küssen, murmele ich an seinem Mund: »Genau das wollte ich von dir hören!«

DANKSAGUNG

Ich habe vielen Menschen zu danken, die mir geholfen haben, dieses Buch entstehen zu lassen. Den Testlesern, für Eure hilfreichen Anmerkungen und Ideen, meiner Lektorin, für das Korrigieren, die Stiländerungen und das Lesbarmachen. Meiner Familie, für das Rückenfreihalten und die vielen Stunden, die ich in Ruhe Schreiben kann. Einen großen Dank, an meine Leser, die mit jedem Buch und Monat immer mehr werden. Ohne Euch, würden meine Bücher, kein zu Hause finden.

Wir lesen uns!

Liebe Grüße!
Eure Kajsa Arnold

Reckless in Love
von
Kajsa Arnold

1. Kapitel

Die Freundschaft ist eine Kunst der Distanz,
so, wie die Liebe eine Kunst der Nähe ist.
(Sigmund Graff)

»Hey, O'Brian. Was hältst du davon, wenn du uns
zu deiner Belobigung einen ausgibst?« Die Stimmung im Doyle's Pub ist dem Höhepunkt nahe.

Ich winke meinen Kameraden zu. »Keine Zeit, ich muss los«, rufe ich ihnen von der Theke aus zu.

»Mensch, was machst du eigentlich abends, dass du immer verschwindest, wenn es lustig wird?«

»Vermutlich wartet eine geile Schnecke auf ihn«, ruft Zach Frayer, einer meiner Kollegen.

Ich zeige ihm einen Stinkefinger, werfe dem Wirt einen Blick zu, den er grinsend erwidert, und verlasse die Kneipe.

Ein Bier nach der Arbeit gönne ich mir, aber immer nur eines. Mein Appartement liegt nicht weit vom Pub entfernt, sodass ich die wenigen Blocks zu Fuß laufen kann. Wir haben den Mord an dem sechzehnjährigen Mädchen zwar aufgeklärt, aber für mich ist die Sache noch lange nicht erledigt. Der Mörder wurde zwar gefasst, daran besteht kein Zweifel, aber es gibt einfach zu viele Ungereimtheiten. Wer ist der Drahtzieher, den ich hinter diesem Mord vermute? Der Chief kann sich die Belobigung in die Haare schmieren!

Ich zünde mir eine Zigarette an und laufe die Washington Street entlang. Komme an dem kleinen Blumenladen vorbei und an rustikalen Restaurants und biege in die Springfield Street ab. Eines der Reihenhäuser gehört mir, dort wohne ich mit meinem Vater, der ebenfalls Detective bei der Bostoner Polizei war. Ein Großteil meiner Jugendfreunde ist dort gelandet, wie ihre Väter und deren Väter und manchmal sogar schon deren Väter.

Ich überhole Mrs Brown und nehme ihr die schwere Einkaufstasche ab.

»Du bist ein guter Mann, Darragh! Das habe ich letztens noch deinem Vater gesagt.«

Die Tasche trage ich ihr gerne bis in die Küche. Sie ist eine nette Nachbarin und schon weit über achtzig. Zum Abschied küsse ich ihre Wange und schlendere weiter, zu meinem Haus. Meine Wohnung ist sehr spartanisch eingerichtet. Ich bin auch nicht allzu oft hier. Mein Dienst lässt mir kaum Zeit, mich um die Einrichtung der Wohnung zu kümmern. Dabei wohne ich bereits über zehn Jahre hier. Doch weiter als bis auf das Einrichten des Schlafzimmers und der Küche bin ich nie gekommen. Im Wohnzimmer gibt es lediglich einen Fernseher und eine Couch.

Ich schaue auf meine Uhr. Fast acht. Ich muss mich beeilen.

Hollie hatte mir die Adresse aufs Handy geschickt. Huntington Avenue, in der Nähe des Museum of Fine Arts, Ecke Parker Street, hat sie mir geschrieben. Nun stöckele ich bereits seit zehn Minuten auf dem Gehweg umher, ohne genau zu wissen, wo ich hin muss.

Der Eingang mit der roten Tür.

Na klasse, nur dass hier nirgendwo eine rote Tür zu sehen ist. Die jungen Studenten, die mir von der Northeastern University entgegenkommen, werfen mir bewundernde oder geile Blicke zu. *Kommt wieder, wenn ihr aus den Windeln rausgewachsen seid!* Ein Gedanke, der mich schmunzeln lässt. Die Pfiffe hinter mir ignoriere ich einfach.

Mein letzter Versuch. Ich biege in die Parker Street ein und mache mich auf die Suche nach einer roten Hintertür. Nach kaum zwei Minuten werde ich fündig und klopfe, vier Mal, wie Hollie es mir aufgetragen hat.

Die Tür öffnet sich und ein muskulöser Mann mit kahlrasiertem Schädel schaut mich an. Er erinnert mich an einen wütenden Stier.

»Hollie hat mich herbestellt.«

Der Stier-Mann nickt, doch bevor er mich hereinlässt, fragt er mit einem irischen Akzent: »Wie ist dein Name?«

»Amandine Moreu.«

Er nickt erneut, hält mir die Tür auf, sodass ich hineinschlüpfen kann.

»Hier entlang.« Er geht voraus und ich folge ihm. Der Typ bringt mich in ein Büro ohne Fenster. Es ist sehr maskulin ausgestattet. Mit Möbeln aus Nussbaumholz, Perserteppichen und dunkelgrünen Seidentapeten. Männlich, aber sehr elegant. Zwei Chesterfield Sofas aus braunem Leder stehen sich mitten im Raum gegenüber. Dazwischen ein niedriger Tisch.

»Setz' dich«, ist das Einzige, was der Stier von sich gibt, ehe er wieder den Raum verlässt.

Natürlich gehorche ich nicht aufs Wort wie ein dressiertes Äffchen, sondern schaue mich in dem Büro um. Der Schreibtisch ist penibel aufgeräumt, außer einem Laptop und einem Brieföffner gibt es dort nichts. An den Wänden hängen einige Gemälde. Landschaften, augenscheinlich von Thomas Cole, doch ganz sicher bin ich mir nicht. Es brennt nur eine Lampe auf einem Beistelltisch, die Deckenbeleuchtung ist gedimmt. Ich bin sicher, dass hier irgendwo ein Safe steckt. Ich versuche einen Blick hinter eines der Gemälde zu werfen, ohne dass ich es berühre.

»Suchen Sie etwas Bestimmtes?«

Die Stimme lässt mich zusammenzucken, als hätte man mich mit den Fingern im Bonbonglas erwischt. Das Öffnen und Schließen der Tür muss ich verpasst haben.

»Ich wollte prüfen, ob es ein echter Cole ist.«

»Sie kennen sich mit Kunst aus?«

»Ein wenig.«

Ich wage es kaum, mich zu bewegen. Diese Stimme elektrisiert mich und ich fühle, wie sich meine Körpersäfte in der Mitte treffen und ich nass werde. Herrgott nochmal. Was ist das? Besser gefragt: Wer ist das?

Der Mann, dem diese Stimme gehört, ist nicht weniger spektakulär. Er ist groß, überragt mich sogar auf meinen High Heels, seine Haare sind schwarz, richtig schwarz, sodass man meinen könnte, sie schimmern blau. Vor allem sind sie lockig. Jemand mit so dunklen Locken ist mir, glaube ich, noch nie begegnet. Seine grünen Augen schimmern dunkel, man könnte sie auch für blau halten, so ganz sicher bin ich mir da nicht.

Mein Gegenüber trägt ein graues Hemd zu einer schwarzen Wollhose. Der Hemdkragen steht leicht offen, was ihm einen Casuallook verleiht. Seine Schuhe sind blitzblank und handgearbeitet. Er trägt

Manschettenknöpfe aus Platin und an seinem Handgelenk baumelt eine Classic von Breguet.

Ich fasse es nicht. Was will dieser Mann hinter der Fassade von Reichtum verbergen? Übertriebener Luxus ist keine Seltenheit bei dieser Art von Typen, doch er trägt eine Gelassenheit zur Schau, die schon fast an Snobismus grenzt.

»Stärkt es Ihr Selbstwertgefühl, wenn Sie eine Uhr tragen, die den Wert eines Einfamilienhauses hat?« Ich provoziere ihn, weil ich so etwas gerne mache. Ich liebe es, Männer mit solchen Bemerkungen aus der Reserve zu locken, zu sehen, wie sie darauf reagieren. Und auf mich.

Sein Blick gleitet über meinen Körper, ich spüre es förmlich, so, als würde mich eine Hand streicheln. Das trägt nicht dazu bei, dass ich mich wohler fühle. Ich habe Angst, dass meine Erregung als nasser Fleck auf meinem engen Rock sichtbar wird. Doch ich kann meinen Blick nicht von ihm abwenden, um nachzuschauen, denn er ist ein Raubtier, das man nicht aus den Augen lassen darf.

»Was genau meinen Sie?«, fragt er und löst sich endlich von seinem Standort an der Tür, kommt näher.

»Nun, Sie tragen eine Classic von Breguet, die im günstigsten Fall hundertsechszigtausend Dollar kostet. Finden Sie nicht, dass ein Mann Ihres Schlages so etwas gar nicht nötig hat?«

»Da Sie mit einem Blick die Marke meiner Uhr erkannt haben, gehe ich davon aus, dass Sie aus der Schmuckbranche kommen. Aber erklären Sie mir doch bitte, was verstehen Sie unter *ein Mann Ihres Schlages*?« Er bleibt an einem der Chesterfield Sofas stehen, bittet mich mit einem Fingerzeig, mich zu setzen. Nickend nehme ich Platz und er setzt sich mir gegenüber.

Er schlägt lässig ein Bein über das andere. Neugierig blickt er mich an, denn ich bin ihm noch eine Antwort schuldig.

»Damit meine ich Männer, die ihr Geld mit gut geformten Frauenkörpern verdienen.«

»Verstehe. Und nun soll ich auch mit Ihrem Körper Geld verdienen?«

»Damit Sie sich ein weiteres Haus ans Armgelenk hängen können? Keine Chance. Ich stehe nicht zur Verfügung.«

»Warum sind Sie dann hier?«, fragt er abschätzend, legt dabei seine Fingerspitzen aneinander.

»Hollie Corley hat mir diese Adresse genannt und mich gebeten, mich hier zu melden.«

»Also sind Sie Amandine Moreu, sie hat mit mir über Sie gesprochen«, erklärt er leise.

Ich nicke. »Jetzt haben Sie mir etwas voraus, denn Ihren Namen kenne ich noch nicht.«

»Verzeihen Sie, Amandine. Sie lassen mich meine guten Manieren vergessen. Wenn ich mich kurz vorstellen darf? Donnacha O'Brian, ich bin der Inhaber dieses Clubs, und Sie dürfen mich gerne Don nennen. Franzosen haben meistens Probleme mit der irischen Aussprache.«

»Vielleicht bin ich ja gar keine Französin.«

»Vielleicht bin ich auch kein Ire?«

»Besuchen Sie sonntags die Kirche, Don?«

»Jeden verfluchten Sonntag.«

»Dann sind Sie ein Ire.«

2. Kapitel

> Überraschung ist etwas,
> das meistens schon da ist,
> bevor man damit rechnet.
> (Anonym)

Ich muss auflachen, sie hat mich wirklich durchschaut. Ein Ire kann nun mal nicht aus seiner Haut.

Sie ist heiß - mehr als heiß, sie ist phänomenal, mit einem Hauch von saugeil. Roan hatte recht, als er mir eben sagte, sie wäre ganz große Klasse. Und Roan hat noch nie danebengelegen. Er hat einen Riecher für erstklassige Frauen. Und wenn ich *erstklassig* sage, dann meine ich nicht diese Girls, die glauben, es würde reichen, sich in teure Designerklamotten zu werfen, ihr Gesicht bis zur Unkenntlichkeit zu schminken und ein paar mittelmäßige Juwelen an den Hals zu hängen.

Bei Amandine Moreu spricht ihr Aussehen für sich. Sie trägt weder Designer-Mode noch viel Make-up. Keinen Schmuck, und doch erkennt sie eine Breguet auf Anhieb. Sie hat Klasse, unverkennbar. Und sie ist Französin, unverwechselbar.

Ihr glattes blondes Haar ist lang, reicht ihr bis zum Po und glänzt selbst bei gedimmtem Licht wie eine goldene Christbaumkugel. Der Rock, den sie trägt, ist so kurz, dass man ihn für einen breiten Gürtel halten könnte, er zeigt viel von ihren endlos langen Beinen. Ihre High Heels sind erschreckend hoch, kaum zu glauben, dass sie sich beim Laufen nicht den Hals bricht. Doch sie bewegt sich sicher darauf. Sie trägt halterlose Strümpfe, deren Spitze unter ihrem Rock hervorblitzt. Obwohl ich täglich von Reizwäsche umgeben bin, machen mich diese einfachen schwarzen Strümpfe so an, dass mein Schwanz ein Eigenleben entwickelt. Ich muss mich anders hinsetzen, um ihm etwas Freiraum zu gewähren.

»Donnacha, warum haben Sie mich hergebeten?«, fragt sie und ich bemerke mit einer gewissen Irritation, dass sie meinen vollen Namen ausspricht.

»Amandine, ich würde es bevorzugen, wenn Sie mich Don nennen. *Donnacha* dürfen Sie schreien, wenn Sie unter mir liegen.«

Sie zuckt nicht mal mit den Wimpern. »Das wird nicht passieren. Ich bin weder für die Kunden noch für den Inhaber zu haben.«

»Sicher?«

»Ganz sicher, Don.«

»Gut. Ich suche jemanden, der sich um die Mädchen kümmert. Ich glaube, dafür ist eine Frau wesentlich besser geeignet, als Roan oder ich. Manchmal gibt es Schwierigkeiten mit einem Kunden. Dann kümmere ich mich um ihn und Sie werden sich um das Mädchen kümmern.«

»Als was sind Ihre Mädchen hier angestellt?«

Sie schlägt die Beine übereinander und dabei rutscht ihr Rock noch ein Stück höher. Ich war noch nie ein Mann, der sich selbst verleugnet. Also starre ich offensiv auf ihre wundervollen Schenkel. Ich stelle mir vor, wie sie ihre Beine um meine Hüften schlingt, während ich sie auf dem Schreibtisch nehme, und muss schmunzeln. Mag sie auch noch so sicher sein, dass sie mir nicht zur Verfügung stehen wird, irgendwann wird aus meinem Wunschdenken Realität werden.

»Wie oft in der Woche ist der Club geöffnet?«

Fast verpasse ich ihre Frage, reiße mich endlich von dem Anblick ihrer Beine los. »An vier Tagen in der Woche, von Mittwoch bis Samstag. An den übrigen Tagen ist der Club geschlossen. Er ist nur für Mitglieder zugänglich. Diese werden nur auf Empfehlung aufgenommen. Der Jahresbeitrag beträgt 100.000 Dollar. Wer sich das nicht leisten kann, hat hier nichts zu suchen. Der Club verfügt über eine Bar, in der die Tänzerinnen auftreten. Es gibt einige Spezialzimmer, in die sich die Mitglieder zurückziehen können.«

»Und sie werden dorthin von den Mädchen begleitet.«

»Nur, wenn diese einverstanden sind. Hier wird niemand gezwungen, niemand wird von uns überwacht. Wir werden in den nächsten Tagen neue Mädchen einstellen, da sie nach einem Jahr ausgewechselt werden.«

»Und wer sucht die Mädchen aus?«

»Sie, Amandine.«

Er bekam eine Erektion, als er mir auf die Schenkel starrte, und ich muss immer noch darüber grinsen. Dass ich bei Männern solch eine Reaktion hervorrufe, ist nicht neu, doch dass Donnacha O'Brian noch nicht einmal den Versuch unternahm, es zu verbergen, finde ich wirklich amüsant. Dies wird eine äußerst unterhaltsame Zusammenarbeit werden.

Er bittet mich, ihn zu begleiten, damit er mir den Club zeigen kann.

»Falls Sie Fragen haben, steht Roan ganz zu Ihrer Verfügung. Sie kennen ihn bereits, er hat Ihnen die Tür geöffnet. Natürlich stehe ich Ihnen auch zur Verfügung.«

Ich erkenne die Zweideutigkeit seiner Worte, doch lasse ich diese einfach im Raum stehen. Diese Art von Anmache funktioniert bei mir nicht.

»Bin ich durch den Haupteingang hereingekommen?«, frage ich neugierig. Ein besonders tolles Aushängeschild ist die Hinterhofgasse, durch die ich gekommen bin, nämlich nicht.

»Nein, das war der Personaleingang. Der Haupteingang befindet sich auf der Huntington Avenue. Man betritt den Club durch Büroräume, die ich angemietet habe. Mitglieder erhalten einen Schlüssel. Sie werden einen für den Hintereingang bekommen, sonst haben nur Roan und ich einen. Roan ist dafür verantwortlich, die Mädchen hereinzulassen.«

Wir laufen an einigen Räumen vorbei, die wie die Garderoben von Künstlern eingerichtet sind, mit großen Spiegeln, Schminktischen und Kleiderständern. »Hier sind die Umkleidekabinen der Mädchen und die Duschen. Den Mitgliedern ist der Zutritt hier verboten.« Dann gehen wir durch einen Gang und Don öffnet eine schwere Tür, die uns in eine völlig andere Welt führt.

Der Club ist exklusiv, edel. In Schwarz und Blau gehalten. Es gibt Käfige, die von der Decke herabhängen, in denen sich wunderschöne junge Frauen zur Musik räkeln. Auf den drei Theken tanzen ebenfalls welche, aufreizend langsam. Einige der Mädchen sitzen mit Männern an Tischen, auf weichen Sofas oder sie unterhalten sich mit ihren Kunden an der Bar. Auch gibt es eine Tanzfläche, wo sich Paare eng umschlungen der Musik hingeben. Es gibt sogar ein Klavier, das auf einer Bühne steht.

Hinter der Bar bedienen ebenfalls nur Frauen. Doch alle haben etwas gemeinsam - ob Tänzerinnen oder Barkeeper -, sie tragen die gleiche Kleidung.

Einen Hotpants in Schwarz und ein Bustier in Blau, mit dem Logo der Bar: *Capital Sin.* Todsünde.

»Hey, Don. Lässt du dich auch mal hier draußen blicken?« Ein junger Mann kommt auf uns zu und begrüßt meinen neuen Arbeitgeber.

»Fionn, darf ich dir unsere neue Mitarbeiterin Amandine Moreu vorstellen? Amandine, das ist Fionn MacKay, er leitet den Club.«

Wir reichen uns die Hände und ich ernte einen erneuten bewundernden Blick.

»Amandine, welch reißender Glanz in unserer bescheidenen Hütte. Sie sollten sich umziehen, damit Sie gleich mit der Arbeit beginnen können.«

»Nein«, unterbricht Donnacha Fionns Gesülze. »Sie ist keines der Mädchen, sondern wird sich um sie kümmern.«

Fionn nickt. »Alles klar, Boss. Willkommen im Team.«

Er lächelt mich an und ich empfinde so etwas wie Respekt, den er mir zollt. Innerhalb von Sekunden schaltet er um, von Anmachen zu kollegialem Respekt. Er zwinkert mir zu und setzt seine Runde durch den Club fort.

»Kommen Sie, Amandine. Ich will Ihnen die Zimmer zeigen.«

Wir erklimmen eine eiserne Wendeltreppe, die

ins obere Geschoss führt. Von hier aus gelangt man durch eine Tür in einen schmalen langen Flur, der nur schwach beleuchtet ist.

»Um die Diskretion zu wahren«, erklärt mir O'Brian und hält vor dem ersten Zimmer an.

»Wir haben sechs Zimmer mit Wasserbetten, sechs mit einem Whirlpool, sechs mit einem Heimkinosystem und sechs Spezialzimmer.«

Er blickt mich an und wartet auf meine Fragen.

»Ich würde gerne eines der Spezialzimmer sehen.«

Donnacha tritt zur Seite, lässt mir mit einer Handbewegung den Vortritt und bleibt mir dicht auf den Fersen. »Es sind die sechs letzten Zimmer.«

»Es gibt keins, das die Nummer 13 trägt«, fällt mir auf.

»Nein, das haben Sie richtig erkannt.«

Ich bleibe vor einer offenen Tür stehen. Das Licht im Raum ist wie im Flur abgedunkelt, hat einen rötlichen Schimmer.

»SM-Zimmer«, meine ich erstaunt, dabei sollte es mich gar nicht überraschen. Mit zwei Schritten trete ich ein.

»Ja, seit einiger Zeit erfreuen sich diese Räume immer größerer Beliebtheit.«

»Beschäftigen Sie Dominas?«, frage ich frei heraus.

»Nein, wir beschäftigen keine professionellen Prostituierten. Nur Tänzerinnen. Manche haben allerdings gewisse … Talente.«

Sein Ton ist ernst, doch seine Augen funkeln. Er steht mir ganz nah gegenüber.

»Dann bin ich also so etwas wie die Choreografin.«

»So könnte man es nennen«, meint er und stützt seinen Arm am Türrahmen ab, versperrt mir den Weg nach draußen. »Bereitet Ihnen dieser Raum Unbehagen?« Er beugt sich ein wenig zu mir herunter. Ich bin groß, zumindest mit meinen Kate Python Chrystals von Louboutin, die immerhin zwölf Zentimeter hohe Absätze haben, doch er ist immer noch ein Stück größer als ich.

»Ich wüsste nicht, was mir hier Unbehagen bereiten könnte«, murmle ich und schaue mich um.

»Wirklich nichts?«, fragt Don provozierend und ich lächle ihm ins Gesicht, obwohl mein Herzschlag sich beschleunigt und ich nicht ganz sicher bin, was er vorhat.

Mit einer schnellen Bewegung schließt er die Tür. »Man kann sie von außen übrigens ohne

Schlüssel nicht öffnen«, sagt er und weist auf die Klinke, die völlig normal aussieht.

Interessant, denke ich.

»Wenn ich bitten darf?« Er fragt zwar, nimmt aber einfach meine Hand und zieht mich zu dem Fesslungsrahmen hinüber. Sein Blick sagt mir, dass ich auf dem Stuhl Platz nehmen soll. Ich tue ihm den Gefallen, denn von ihm geht keine Gefahr aus. Ich glaube nicht, dass er mich hier in eine Situation bringen wird, die ich nicht wirklich will. Er möchte vermutlich einfach seine Dominanz einer Angestellten gegenüber demonstrieren.

Um mich auf den Hocker zu setzen, muss ich meinen Rock hochschieben, die Beine etwas spreizen.

Ich höre, wie Donnacha Luft holt, auch wenn er sich bemüht, ganz unbeteiligt auszusehen. Er nimmt meine rechte Hand, schnallt eine Manschette darum und hängt diese an einen Eisenring über meinem Kopf. Das Gleiche macht er mit der linken Hand.

Mein Shirt spannt sich über meinen Brüsten. Meine Brustwarzen zeichnen sich darunter ab, denn der raue Stoff reizt sie und sie stellen sich auf, verfluchte Verräter.

Donnacha stellt sich zwischen meine Beine, für meinen Geschmack steht er zu nah vor mir, aber sein Geruch nach Mann, Sportduschgel und einem Aftershave, das ich als Man in Black von Bvlgari erkenne, *wie passend,* reizt meine Sinne.

»Und jetzt?«, frage ich ihn herausfordernd.

»Jetzt werden wir herausfinden, wie weit Sie bereit sind zu gehen.«

Ich lache, weil ich es wirklich nicht ernst nehme. Erst, als er mit seinen Händen meine Schenkel hinauffährt, vergeht mir das Lachen. Diese Berührung hat etwas sehr Begehrliches an sich, die Reibung seiner Haut auf meinen Nylons fühlt sich warm an. Am Spitzenrand meiner Strümpfe verharrt er einen Moment, dann gleiten seine Finger weiter zu meiner nackten Haut. So hat mich schon lange kein Mann mehr berührt. Zentimeter für Zentimeter rutschen seine Finger höher, bis mein Rock sie aufhält.

»Und, haben Sie Angst?«, fragt er und seine Stimme klingt plötzlich heiser.

Ich starre auf seinen Schritt und sehe, dass seine Erektion gewachsen ist. Ihn scheint die Situation wohl auch nicht kaltzulassen.

»Nein«, antworte ich ehrlich und schaue ihm in die Augen. Sie schimmern nun blaugrün.

Meine Antwort scheint ihn nur noch mehr herauszufordern. Seine Hände verschwinden unter meinen Rock und plötzlich spüre ich seine Daumen, die meine Klitoris massieren. Mir entfährt ein kleiner Laut und ich beiße mir auf die Lippen. Scheiße, ich wollte doch keine Reaktion zeigen.

»Du bist nass«, murmelt er und massiert mich weiter, schließt genießerisch die Augen.

»Und du hart«, flüstere ich, um ihm bloß nicht das letzte Wort zu überlassen.

»Das stimmt«, gibt er zu. »Es liegt daran, dass ich jetzt gerne in dir wäre. Mir würde es gefallen, wenn du nichts als diese Manschetten tragen würdest. Ich bin mir sicher, dass du einen wunderschönen Body hast. Ich spüre es förmlich an meinen Fingern.« Er reibt mich weiter, fester, und treibt mich damit fast an den Rand eines Orgasmus, den ich mir auf keinen Fall zubilligen werde.

»Sag mir, ob dir gefällt, was meine Finger mit dir machen.« Er hält die Augen geschlossen.

Vielleicht sollte ich nicken, dann würde er nicht hören, wie sehr mir sein Spiel hier gefällt.

»Sag es laut, ich will deine Stimme hören, wenn du es sagst.«

»Ja, verdammt! Ja, es gefällt mir.«

»Wie sehr?«

»Absolut.«

»Aber du willst nicht, dass es dir gefällt? Habe ich recht?«

»Ja.«

»Warum?«

»Weil ich deine Angestellte bin.«

Mittlerweile atme ich schwer. Diese Berührungen lassen mich nicht kalt. Mein Körper will mehr, mein Verstand dagegen plädiert für den sofortigen Abbruch dieses Szenarios. Doch ich habe die Rechnung ohne Don gemacht. Seine Finger werden immer aktiver. Er schiebt meinen Slip zur Seite, um meine blanke Haut zu massieren.

»Verdammt, du bist rasiert. Damit habe ich nicht gerechnet.«

»Gefällt es dir?«, frage ich stöhnend und werfe meinen Kopf in den Nacken.

»Ja«, knurrt er leise. »Und gefällt dir *das*?« Er meint seine Berührungen.

»Ja«, hauche ich und es ist sogar die Wahrheit. Ich stehe kurz davor, alle meine Prinzipien über Bord zu werfen und hier vor ihm zu kommen. Ich fühle mich mit einem Mal so lebendig, als wäre ich aus einem tiefen Schlaf endlich wieder erwacht. Das pure Leben scheint sich zwischen meinen nassen Schenkeln abzuspielen. Es ist beängstigend und berührend zugleich.

»Du fühlst dich wahnsinnig an. So feucht und so heiß, als würde ich meine Finger in den Vorhof der Hölle halten. Wie gerne würde ich sie durch meinen Schwanz ersetzen.«

Ein *Mache es doch!* liegt mir auf der Zunge, doch ich beiße mir auf die Lippen.

»Würde es dir gefallen?«

»Würde es *dir* gefallen?«, frage ich, statt eine Antwort zu geben.

»Reiz mich nicht, es auszuprobieren«, knurrt er, »antworte mir.«

»Nein, es würde mir gar nicht gefallen.«

»Und warum nicht?«, fragt er überrascht.

»Weil ich mich niemals so ausliefern würde.« Mit letzter Kraft gelingt es mir, meiner Stimme einen so kühlen Klang zu verleihen, als gäbe es seine intime Berührung gar nicht. Ich blende sie aus. Wie ich das mache, ist mir ein Rätsel.

Er öffnet seine Augen, blickt auf mich herunter und nickt. »Gut«, meint er rau, »dann sind wir uns ja einig. Ich fange nie etwas mit Untergebenen an.«

Er zieht seine Hände unter meinem Rock hervor, öffnet die Manschetten und hilft mir auf die Beine.

Auf dem Weg zur Tür steckt er sich einen Finger in den Mund und leckt genüsslich meinen